U0513731

吕思勉 著

论诗 宋代文学

吕思勉著作精选

国学

图书在版编目（CIP）数据

论诗 ；宋代文学 / 吕思勉著. -- 上海 ：上海古籍出版社，2025. 5. --（吕思勉著作精选）. -- ISBN 978-7-5732-1622-9

Ⅰ. I207.22；I209.44

中国国家版本馆 CIP 数据核字第 20253ND281 号

吕思勉著作精选·国学

论诗　宋代文学

吕思勉　著

上海古籍出版社出版发行

（上海市闵行区号景路 159 弄 1 - 5 号 A 座 5F　邮政编码 201101）

（1）网址：www.guji.com.cn

（2）E-mail：guji1@guji.com.cn

（3）易文网网址：www.ewen.co

常熟市人民印刷有限公司印刷

开本 890×1240　1/32　印张 4.625　插页 2　字数 108,000

2025 年 5 月第 1 版　2025 年 5 月第 1 次印刷

ISBN 978 - 7 - 5732 - 1622 - 9

Ⅰ·3922　定价：38.00 元

如有质量问题，请与承印公司联系

前　言

　　有一种说法,说理想的历史著述家,要写过一部历史的专著,写过一部历史教科书,再写过一部历史通俗读物。又有一种类似的说法,把教科书换成了方志书,或是把通俗读物换成了历史地图册,说唯有著述了多种主题、多种形式的史学作品,历史著述才算达到了完满的境界。这些说法,当然不是在为史学评论提供一种评判的标尺,其本意是强调历史著述家除了要撰写专业领域里的学术著作,还要尽其所能为社会大众提供多种多样的历史作品,以满足不同层次、不同爱好的读者需要。

　　由此而论,史学家吕思勉先生倒是达到了理想的历史著述境界。他不仅写有大部头的史学著作,如《先秦史》《秦汉史》等成系统的四部断代史,还写过大量的文史教科书和历史通俗读物。其数量之多、品类之丰,在民国时代众多的史学大家中也是很罕见的。而且,他撰写的教科书和历史通俗读物,都是精心之作,或被后人称之为通俗读物之典范。

　　如此次"吕思勉著作精选"收录的一九二四年商务印书馆出版的《新学制高级中学教科书本国史》,黄永年先生曾评价说:这本书现在已经很少有人知道了,有一篇《吕思勉先生主要著作》,就没有提到这本书,也许认为这只是教材而非著作。"其实此书从远古讲到民国，只用了十二万字左右篇幅，而政治、经济、文化以及典章制度各个方面无不顾及，在取舍详略之中，体现出吕先生的史学史识，实是吕先生早期精心之作。有些青年人对我讲，现在流行的通史议论太多，史实太少，而且头绪不清，实在难读难记。我想吕先生这本要言不烦的《本国史》是否可以给现在编写通史、讲义的同志们一点启发。"（黄永年：《回忆我的老师吕诚之先生》，《学林漫录》第四集，北京，中华书局，1981 年）

又如《三国史话》，原是吕先生撰写《秦汉史》的副产品，出版之后，就很受欢迎，被视为历史通俗读物的典范之作。虞云国先生说：史学大师吕思勉既有代表其学术高度的断代史，又有通俗读物《三国史话》，"各擅胜场，令人叹绝"。（吕思勉：《三国史话》封底，北京，商务印书馆，2015 年）梁满仓先生也说："《三国史话》的大家风范，首先体现在作者强烈的历史责任意识……还表现在一些经得住时间检验的观点……《三国史话》是一部通俗历史读物，然而通俗中却包含着渊博的知识……小中见大、通俗中见高雅，《三国史话》为我们树立了典范。"（梁满仓：《〈三国史话〉的大家风范》，吕思勉：《三国史话》，北京出版社，2012 年）如今，吕先生的各种著述一再重版、重印，成为民国史学家中最为大众欢迎的史家之一，说明上述史学家们的评说已经成为大家的共识。

本着这样的认识，我们在吕先生一千余万字的著述中，选择了二十余种兼具通俗性与专业性且篇幅适宜者，根据内容分为七类，分别是：通史、专门史、修身、历史分级读本、读史札记、史话和国学，组成"吕思勉著作精选"，以飨读者。如最先推出的"吕思勉著作精选·专门史"，收入《中国社会史》、《中国社会变迁史（附大同释义）》、《中国民族史两种》和《中国文化史六讲　中国政治思想史十讲》。何以收入此四种？吕先生历来备受关注者，即其"两部通史、四部断代史、一种札记",但其对专门史亦非常重视。他提倡"专就一种现象的陈迹加以研究"之专门的历史,并且身体力行,在史学实践中完成社会史、民族史、文化史、政治思想史等专史著作,涵盖面很广。且其专门史常常有一种贯通的眼光,既是朝代的贯通,也是"专门"的贯通,如其讲政治思想史、文化史,则先论社会史,因此其专门之中又多贯通,体现了其"综合专门研究所得的结果,以说明一地域、一时代间一定社会的真相"的治学路径。吕思勉先生的历史著作,大多都蕴含着这种"贯通"的眼光。以此为例,是想说明我们精选吕思勉著作的用意,以及帮助读者更好地理解中国历史的希望。

目 录

论 诗

宋 代 文 学

论　诗

论 诗

诗者韵文之一,其原出于谣,其音节出于自然,是为天籁。以谣辞合乐则为歌,歌辞称诗。韵文可分歌与赋二大类,歌者可合乐者也,不歌而诵谓之赋。

诗之起原不必凿指其在何时,必欲说之,亦只可曰诗与人之能发声为谣同时并起耳。今《五经》中之诗,大抵皆周代之作。古文家以《商颂》为作于商时,郑《谱》谓成汤、中宗、高宗有受命中兴之功时,有作诗颂之者是也。今文家则以为正考父作。《商颂》辞并不古,今文之说为是。商周以前之诗,见于书者,如"明良喜起"之歌,辞亦不古,与《书·大传》所载之《卿云歌》、《史记·伯夷列传》所载之轶诗等,皆未必真为舜与皋陶、伯夷之作,惟《郊特牲》所载伊耆氏《蜡辞》,其辞较古,说伊耆氏者,或以为神农,或以为尧,虽难质言,要必为较古之作品矣。

周代之诗可见者,即今之《诗经》。此体在后世已不能仿效,然其风、雅、颂三体及赋、比、兴之义,则仍为学诗者所宜知。案《诗序》曰:"诗者,志之所之也。在心为志,发言为诗,情动于中而形于言,言之不足,故嗟叹之。嗟叹之不足,故永歌之。永歌之不足,不知手之舞之,足之蹈之也。情发于声,声成文谓之音。"此言诗之起原,由于人之生理及心理之作用也。又曰:"治世之音安以乐,其政和。乱

世之音怨以怒，其政乖。亡国之音哀以思，其民困。故正得失，动天
地，感鬼神，莫近于诗。先王以是经夫妇，成孝敬，厚人伦，美教化，
移风俗。"此言诗之用也。其论风、雅、颂及赋、比、兴云："故诗有六
义焉。一曰风；二曰赋；三曰比；四曰兴；五曰雅；六曰颂。风，风也，
教也。风以动之，教以化之。上以风化下，下以风化上。主文而谲
谏，言之者无罪，闻之者足戒，故曰风。至于王道衰，礼义废，政教
失，国异政，家殊俗，则变风变雅作矣。国史明乎得失之迹，伤人伦
之废，哀刑政之苛，吟咏情性，以风其上，达于事变而怀其旧俗者也。
故变风发乎情，止乎礼义。发乎情，民之性也。止乎礼义，先王之泽
也。是以一国之事，系一人之本，谓之风。言天下之事，形四方之
风，谓之雅。雅者，正也。言王政之所由废兴也。政有小大，故有小
雅焉，有大雅焉。此数语说得不甚清楚，《史记·司马相如列传》："大雅言王
公大人德逮黎庶，小雅讥小己之得失，其流及上。"较明白，盖鲁诗义也。颂
者，美盛德之形容，以其成功告于神明者也。"

　　《诗序》即以风、小雅、大雅、颂为四始。《史记·孔子世家》："古
者诗三千余篇，及至孔子去其重，取可施于礼义，上采契、后稷，中述
殷周之盛，至幽厉之缺。始于衽席，故曰：《关雎》之乱，以为风始；
《鹿鸣》为小雅始；《文王》为大雅始；《清庙》为颂始。"此鲁诗义也。
吾颇疑《诗序》"是谓四始"之上有脱文，郑玄随文说之，又牵合《周
礼》，以风、雅、颂与赋、比、兴并列为六义，殊不可通。然其论诗之起
源、效用，及说风、雅、颂之定义，则大致皆是，盖三家旧说也。
魏源说。

　　风、雅、颂与赋、比、兴理论上不能并列。《正义》云："风、雅、颂
者，诗篇之异体；赋、比、兴者，诗文之异辞耳。"大小不同，而得并为
六义者，赋、比、兴是诗之所用，风、雅、颂是诗之成形，用彼三事，成
此三事，是故同称为义，非别有篇卷也。《郑志》张逸问："何诗近于

比、赋、兴。"答曰："比、赋、兴，吴札观诗，已不歌也。孔子录《诗》已合风、雅、颂中，难复摘别，篇中义多兴。"逸见风、雅、颂有分段，以为比、赋、兴亦有分段，谓有全篇为比，全篇为兴，欲郑指摘言之。郑以比、赋、兴者，直是文辞之异，非篇卷之别，故远言从本来不别之意，言吴札观诗已不歌，明其先无别体，不可歌也。孔子录《诗》已合风、雅、颂中，明其先无别体，不可分也。元来合而不分，今日难复摘别也。言篇中义多兴者，以《毛传》于诸篇之中，每言兴也。以兴在篇中，明比、赋亦在篇中，故以兴显比、赋也。若然，比、赋、兴元来不分，则惟有风、雅、颂三诗而已。《艺论》云："至周分为六诗者，据《周礼》六诗之文而言之耳，非谓篇卷也。或以为郑云孔子已合于风、雅、颂中，则孔子以前未合之时，比、赋、兴别为篇卷；若然，则离其章句，析其文辞，乐不可歌，文不可诵，且风、雅、颂以比、赋、兴为体，若比、赋、兴别为篇卷，则无风、雅、颂矣。"案：郑意明谓"周时诗分为六，吴札时其别已不可考，孔子录诗文，合比、赋于风、雅、颂，故今难复摘别，据《毛传》亦惟可考见其所谓兴者耳"。《正义》必谓"郑意亦谓别无篇卷"，殊属勉强。诗之分法，随人所为，孔子分为三，后人亦但能分为三。焉知作《周礼》者不别有一法焉，分之为六乎？凡事实不能尽合论理，后人斤斤然谓比、赋、兴不能别有篇卷者，以为如此则不合论理耳。然安知古代必无不合论理之事乎？或孔子正以其不合论理而改之。《周礼》原文曰："教六诗，曰风，曰赋，曰比，曰兴，曰雅，曰颂，以六德为之本，以六律为之音。"安知彼当日不有以六诗分配六德六律之法哉？《正义》之质言，固不如《郑志》之阙疑矣。然考《周礼》之六诗，自为一事，吾侪今日论诗又为一事。考《周礼》之六诗，固宜守疑事毋质之义，吾侪今日论诗，则自以守"风、雅、颂者，诗篇之异体，赋、比、兴者，诗文之异辞"之说为较合于论理也。要而言之，则赋、比、兴者，诗之三法也。郑注《周礼》云："赋之言铺，直铺陈今之政教善恶。比,见今之失,不敢斥言,取比类以言之。兴,见今之美嫌于媚谀,取善事,以喻劝之。"又引郑司农说云:"比者,比方于物也;兴者,托事于物。"古人言诗,好索令政治,此自释经之体宜然。若论文学,则但取仲师之说足矣。予更为直截爽快之说曰:赋者,直陈其事;比者,意在此而言彼;兴者,先言彼而后及此也。如实称人之美,为赋;称花之美而意实在人,为比;言花而后及人,则为兴矣。

诗之用在能感动人情,及自言其情。《公羊》宣十五年何注:"五谷毕入,民皆居宅,里正趋缉绩,男女同巷,相从夜绩,至于夜中,故女工一月得四十五日作。从十月尽正月止,男女有所怨恨,相从而歌,饥者歌其食,劳者歌其事。男年六十,女年五十无子者,官衣食之,使之民间求诗,乡移于邑,邑移于国,国以闻于天子,故王者不出牖户,尽知天下所苦,不下堂而知四方。"盖人在社会之中,因种种牵制,真正言论自由之地颇少,且亦可谓绝无。故采取舆论,兹不能得真正之民意。惟诗歌等类,则言者无罪,故得以自陈其情,而闻之者,却可以隐喻其衷曲焉。古代观民风,必陈诗者以此。夫欲求社会之安平,首贵人人无不合理之行动,而欲求人人无不合理之行动,恃刑驱势迫,固有所不能,即恃舆论之监督,道德之制裁,亦尚苦其不足。何者?人情据非其所则不安,即能勉强于一时,终不可以持久也。子曰:"知之者,不如好之者;好之者,不如乐之者。"又曰:"如恶恶臭,如好好色。"诚出于感情之所不欲为,则虽强之而亦有不为者矣,更无虑其不能持久矣。文学之大用在此,诗亦其一也。古人论诗虽备于一方面,吾人固可推广其意,以识诗之全体大用矣。

诗与乐相连带,故恒随乐为变迁。论诗之起源,本先有人口中之谣,乃因其音节以作乐。然乐之既成,则因其本与诗相依倚,故乐律音节之改变,自以足致诗体之改变。诗固乐曲之歌词也,然人类歌唱之音节，非有新分子自外加入，恒只能渐变而不能骤变。故吾国历代，每当诗体改变之际，必为乐律改变之时，而音乐改变之时，又必承外国乐输入之后，殆千载如一辙。

《孔子世家》云："三百五篇，孔子皆弦歌之，以求合韶武雅颂之音。"则孔子时，诗固皆可合乐。然至汉代制氏雅乐，既莫能用，汉武帝别立乐府，集赵、代、秦、楚之讴，使李延年协其律，见《汉书·礼乐志》。而音乐大起变化，而诗境亦随之变化矣。愚案：中国古代之诗，似可分为两种，一《诗经》，一《楚辞》也。《诗经》一类以四言为主，三言、五言、六言、七言皆居少数，至八言、九言，则其实当分作两句读也。《楚辞》一类以七言为主，间杂其他之句，而三言最多。吾国古代语分楚夏，得毋歌辞亦有楚夏二系邪？今难质言。然汉高、项羽皆楚人，汉高所作《大风歌》，项羽所作拔山歌，固皆三言、七言也。《安世乐》原于《房中歌》，《房中歌》为唐山夫人作，亦有三言。要之，最适于中国人口中之音节者，为（一）五言，（二）七言，（三）三、七言三种。其在汉代，五言古诗，则承《诗经》而发达者也；乐府，则承《楚辞》一派而发达者也。

乐府本官署之名，所采之曲，盖亦民间所固有，然其后乐调既立，文人依其调以作辞，则又变为诗体之名矣。四言之变为五言，盖因言语发达，人口中音节，与古殊异之故。汉时作四言诗者，其道已穷。今所传韦孟《讽谏诗》，盖实其后人所伪作，然要为汉代作品。了无精神，足以知之。若汉高《为戚夫人之歌》，魏武之《短歌行》，则名虽四言，实则乐府也。

今试将两较如下。

韦孟《讽谏诗》

肃肃我祖，国自豕韦。黼衣朱黻，四牡龙旂。彤弓斯征，抚宁退荒。总齐群邦，以翼大商。迭彼大彭，勋绩维光。至于有周,历世会同。王赧听谮,实绝我邦。我邦既绝,厥政斯逸。赏罚之行,非繇王室。庶尹群后,靡扶靡卫。五服崩离,宗周以坠。我祖斯微,迁于彭城。在予小子,勤唉厥生。厄此嫚秦,耒耜斯耕。悠悠嫚秦,上天不宁。乃眷南顾,授汉于京。于赫有汉,四方是征。靡适不怀,万国攸平。乃命厥弟,建侯于楚。俾我小臣,惟傅是辅。矜矜元王,恭俭静一。惠此黎民,纳彼辅弼。享国渐世,垂烈于后。乃及夷王,克奉厥绪。咨命不永,惟王统祀。左右陪臣,斯惟皇士。如何我王,不思守保?不惟履冰,以继祖考。邦事是废,逸游是娱。犬马悠悠,是放是驱。务此鸟兽,忽此稼苗。蒸民以匮,我王以偷。所弘匪德,所亲匪俊。惟囿是恢,惟谀是信。睮睮谄夫,谔谔黄发,如何我王,曾不是察?既藐下臣,追欲纵逸。嫚彼显祖,轻此削黜。嗟嗟我王,汉之睦亲。曾不夙夜,以休令闻。穆穆天子,照临下土。明明群司,执宪靡顾。正遐由近,殆其兹怙。嗟嗟我王,曷不斯思。匪思匪监,嗣其罔则。弥弥其逸,岌岌其国。致冰匪霜,致坠匪嫚。瞻惟我王,时靡不练。兴国救颠,孰违悔过。追思黄发,秦穆以霸。岁月其徂,年其逮耇。于赫君子,庶显于后。我王如何,曾不斯览。黄发不近,胡不时鉴!

汉高祖《为戚夫人楚歌》

鸿鹄高飞,一举千里。羽翮已就,横绝四海。横绝四海,当可奈何?虽有矰墩(缴),尚安所施?

魏武帝《短行歌》

对酒当歌,人生几何?譬如朝露,去日苦多。慨当以慷,幽思难忘。何以解忧?惟有杜康。青青子矜,悠悠我心。但为君故,沉吟至今。呦呦鹿鸣,食野之苹。我有嘉宾,鼓瑟吹笙。明明如月,何时可掇?忧从中来,不可断绝。越陌度阡,枉用相存。契阔谈宴，心念旧恩。月明星稀，乌鹊南飞。绕树三匝，何枝可依？山不厌高，海不厌深。周公吐哺，天下归心。

古诗必五言，然乐府亦非无五言者，而二者又恒混合不别，欲别之在其内容，不在其形式也。沈德潜曰："风骚既息，汉人代兴，五言为标准矣。就五言中较然两体：苏李赠答、无名氏十九首，古诗体也。庐江小吏妻、羽林郎、陌上桑之类，乐府体也。"今案：《古诗十九首》中第一首：

> 行行重行行，与君生别离。相去万余里，各在天一涯。道路阻且长，会面安可知。胡马依北风，越鸟巢南枝。相去日已远，衣带日已缓。浮云蔽白日，游子不顾返。思君令人老，岁月忽已晚。弃捐勿复道，努力加餐饭。

温柔敦厚，纯乎三百篇之旨矣。然如其第十三、十四两首：

> 驱车上东门，遥望郭北墓。白杨何萧萧，松柏夹广路。下有陈死人，杳杳即长暮。潜寐黄泉下，千载永不寤。浩浩阴阳移，年命如朝露。人生忽如寄，寿无金石固。万岁更相送，圣贤莫能度。服食求神仙，多为药所误。不如饮美酒，被服纨与素。

> 去者日以疏，来者日以亲。出郭门直视，但见丘与坟。古墓犁为田，松柏摧为薪。白杨多悲风，萧萧愁杀人。思还故里闾，欲归道无因。

杼轴纯乎乐府矣。大抵古诗和平，乐府较激壮也。又乐府之词较古诗为质，其意旨似可解不可解处亦较多，因之较古诗更近谣辞也。如古辞：

> 青青河畔草，绵绵思远道。远道不可思，夙昔梦见之。梦见在我旁，忽觉在他乡。他乡各异县，展转不可见。枯桑知天

风,海水知天寒。入门各自媚,谁肯相为言? 客从远方来,遗我双鲤鱼。呼童烹鲤鱼,中有尺素书。长跪读素书,书中竟何如? 上有加餐食,下有长相忆。

全系习熟之词,信口喷薄而出。就中如"枯桑知天风,海水知天寒"等为汉人常见之句,知其联缀,更无他意,只在喉吻间熟,其诗在口中,不在纸上也。古诗首句,多与下文若不相属者以此。如《孔雀东南飞》等,皆是其纸上之意,义若不联贯,其口中之音节,则极和谐也。又乐府设想,往往极奇,古诗则贵平正。如"枯鱼过河泣,何时悔复及。作书与鲂鲡,相教慎出入",此等设想,古诗中无之。其有之,则系效乐府者。古诗只可抒情,而乐府则长叙事。《孔雀东南飞》太长,今举下两篇为例:

上山采蘼芜

上山采蘼芜,下山逢故夫。长跪问故夫:新人复何如? 新人虽言好,未若故人姝。颜色类相似,手爪不相如。新人从门入,故人从閤去。新人工织缣,故人工织素。织缣日一匹,织素五丈余。将缣来比素,新人不如故。

陌 上 桑

日出东南隅,照我秦氏楼。秦氏有好女,自名为罗敷。罗敷善蚕桑,采桑城南隅。青丝为笼系,桂枝为笼钩。头上倭堕髻,耳中明月珠。缃绮为下裙,紫绮为上襦。行者见罗敷,下担捋髭须。少年见罗敷,脱帽著帩头。耕者忘其犁,锄者忘其锄。来归相怨怒,但坐观罗敷。使君从南来,五马立踟蹰。使君遣吏往,问是谁家姝? 秦氏有好女,自名为罗敷。罗敷年几何? 二十尚不足,十五颇有余。使君谢罗敷,宁可共载不? 罗敷前致辞,使君一何愚! 使君自有妇,罗敷自有夫。东方千余骑,夫婿居上头。何用识夫婿？白马从骊驹。青丝系马尾，黄金络马头，腰中鹿卢剑，可值千万余。十五府小吏，二十朝大夫，三十侍中郎，四十专城居。为人洁白皙，鬑鬑颇有须。盈盈公府步，冉冉府中趋。坐中数千人，皆言夫婿殊。

此诗自"但坐观罗敷"以上为一解，"罗敷自有夫"以上为一解。乐府之解，即诗之分章也。又如：

出 东 门

出东门，不顾归。来入门，怅欲悲。盎中无斗储，还视桁上无悬衣。拔剑出门去，儿女牵衣啼。他家但愿富贵，贱妾与君共铺糜。共铺糜，上用仓浪天故，下为黄口小儿。今时清廉，难犯教言，君复自爱莫为非。今时清廉，难犯教言，君复自爱莫为非。行！吾去为迟，平慎行，望君归。

竟与白话无异。乐府中最质朴者，为《雁门太守行》，然在当时，亦被弦管也。唐人如白居易等所作新乐府，即未必可被弦管矣。

乐府之三言者，如《郊祀歌》是。四言者，如《来日大难》是。三七言者，如《盘中诗》等是。又如："悲歌可以当泣，远望可以当归。思念故乡，郁郁累累。欲归家无人，欲渡河无船，心思不能言，肠中车轮转。"此等起句，唐人歌行尚时用之。乐府标题甚多，如"歌""吟""咏""怨""叹""行""引""篇""曲"等皆是。其音律，自齐梁以后，又渐亡失。然今民间歌谣，其音节固极似古乐府，特无人为之协律耳。

古诗与乐府异，贵平正渊穆，含蓄不尽。苏、李诗吾固信为六朝人拟作，然论其诗，则实足与十九首并称古诗之模范也。如：

结发为夫妻，恩爱两不疑。欢娱在今夕，燕婉及良时。征夫怀远路，起视夜何其。参辰皆已没，去去从此辞。行役在战场,相见未有期。握手一长叹,泪为生别滋。努力爱春华,莫忘欢乐时。生当复来归,死当长相思。

试以此与杜甫之《新婚别》比较,可见古诗与乐府之别。杜陵五言,多用乐府法也,故能别开新境。古诗固贵渊穆,然亦不可无气势。如:

李陵《赠苏武别》

良时不再至,离别在须臾。屏营衢路侧,执手野踟蹰。仰视浮云驰,奄忽互相逾,风波一失所,各在天一隅。长当从此别,且复立斯须。欲因晨风发,送子以贱躯。

可谓极沉郁顿挫之致矣。古诗自汉以后当以魏晋为一境界,宋齐以后又为一境界。建安之诗,犹有风骨,然华藻已过汉人。晋初阮籍,犹为汉魏雅音。至潘、陆则更以词华胜矣。就中拔出流俗者,为郭璞及左思。《游仙》之超逸,《咏史》之雄俊,均非余子所有。而陶诗写景言情,平淡之中,自饶深刻之致,其诗境又非前此所有也。

曹植《杂诗》二首

高台多悲风,朝日照北林。之子在万里,江湖迥且深。方舟安可极,离思放难任。孤雁飞南游,过庭长哀吟。翘思慕远人,愿欲托遗音。形影忽不见,翩翩伤我心。

转蓬离本根,飘摇随长风。何意回飙举,吹我入云中。高高上无极,天路安可穷?类此游客子,捐躯远从戎。毛褐不掩形,薇藿常不充。去去莫复道,沉忧令人老。

建安七子诗才,自以陈思王为最,次之则王仲宣也。仲宣最长公宴。

阮籍《咏怀》二首

夜中不能寐,起坐弹鸣琴。薄帷鉴明月,清风吹我襟。孤鸿号外野,翔鸟鸣北林。徘徊将何见,忧思独伤心。

二妃游江滨,逍遥顺风翔。交甫怀环佩,婉娈有芬芳。猗
靡情欢爱,千载不相忘。倾城迷下蔡,容好结中肠。感激生忧
思,萱草树兰房。膏沐为谁施,其雨怨朝阳。如何金石交,一旦
更离伤!

嘉树下成蹊,东园桃与李。秋风吹飞藿,零落从此始。繁
华有憔悴,堂上生荆杞。驱马舍之去,去上西山趾。一身不自
保,何况恋妻子。凝霜被野草,岁暮亦云已。

嗣宗《咏怀》,皆有寄托,其意不可尽知,亦不可凿求也。古人有
寄托之作,不可不知其有寄托,亦不可求其事以实之。

陆机《塘上行》

江蓠(蓠)生幽渚,微芳不足宣。被蒙风云会,移居华池边。
发藻玉台下,垂影沧浪泉。沾润既已渥,结根奥且坚。四节逝
不处,繁华难久鲜。淑气与时殒,余芳随风捐。天道有迁易,人
理无常全。男欢智倾愚,女爱衰避妍。不惜微躯退,但惧苍蝇
前。愿君广末光,照妾薄暮年。

又《赴洛道中作》

远游越山川,山川修且广。振策陟崇丘,案辔遵平莽。夕
息抱影寐,朝徂衔思往。顿辔倚嵩岩,侧听悲风响。清露坠素
辉,明月一何朗。抚枕不能寐,振衣独长想。

以此与两汉诗较,自见其藻采渐工,造句渐巧,音调亦渐见稳
顺,而空灵矫健之气渐少,质朴厚重之意渐漓矣。

潘岳《悼亡》

皎皎窗中月,照我室南端。清商应秋至,溽暑随节阑。凛
凛凉风升,始觉夏衾单。岂曰无重纩,谁与同岁寒。岁寒无与

同,朗月何胧胧。展转昐枕席,长簟竟床空。床空委清尘,室虚来悲风。独无李氏灵,髣髴睹尔容。抚衿长叹息,不觉涕沾胸。沾胸安能已,悲怀从中起。寝兴目存形,遗音犹在耳。上惭东门吴,下愧蒙庄子。赋诗欲言志,此志难具纪。命也可奈何,长戚自令鄙。

左思《咏史》二首

弱冠弄柔翰,卓荦观群书。著论准过秦,作赋拟子虚。边城苦鸣镝,羽翼飞京都。虽非甲胄士,畴昔览穰苴。长啸激清风,志若无东吴。铅刀贵一割,梦想骋良图。左眄澄江湘,右盼定羌胡。功成不受爵,长揖归田庐。

郁郁涧底松,离离山上苗。以彼径寸茎,荫此百尺条。世胄蹑高位,英俊沈下僚。地势使之然,由来非一朝。金张藉旧业,七叶珥汉貂,冯公岂不伟,白首不见招。

郭璞《游仙诗》三首

京华游侠窟,山林隐遁栖。朱门何足荣,未若托蓬莱。临源挹清波,陵冈掇丹荑。灵溪可潜盘,安事登云梯。漆园有傲吏,莱氏有逸妻。进则保龙见,退为触藩羝。高蹈风尘外,长揖谢夷齐。

青溪千余仞,中有一道士。云生梁栋间,风出窗户里。借问此何谁,云是鬼谷子。翘迹企颍阳,临河思洗耳。阊阖西南来,潜波涣鳞起。灵妃顾我笑,粲然启玉齿。蹇修时不存,要之将谁使。

翡翠戏兰苕,容色更相鲜。绿萝结高林,蒙笼盖一山。中有冥寂士,静啸抚清弦。放情凌霄外,嚼蕊挹飞泉。赤松临上游,驾鸿乘紫烟。左挹浮丘袖,右拍洪崖肩。借问蜉蝣辈,宁知龟鹤年。

凡游仙诗有托而逃，贵有奇趣遐想。

陶潜《饮酒》二首

结庐在人境，而无车马喧。问君何能尔，心远地自偏。采菊东篱下，悠然见南山。山气日夕佳，飞鸟相与还。此中有真意，欲辩已忘言。

故人赏我趣，挈壶相与至。班荆坐松下，数斟已复醉。父老杂乱言，觞酌失行次。不觉知有我，安知物为贵。悠悠迷所留，酒中有深味。

渊明寓言情于写景，可称独绝，其有理致处，尤不可及，读此两首可见。其写景之句，十分自然又极洗炼，实他家所无。如"平畴交远风"，又如"微雨从东来，好风与之俱"是也。其专言情之诗，孤高慷慨，亦各极其妙。

陶潜《咏贫士》

万族各有托，孤云独无依。暧暧空中灭，何时见余晖。朝霞开宿雾，众鸟相与飞。迟迟出林翮，未夕复来归。量力守故辙，岂不寒与饥。知音苟不存，已矣何所悲。

又《拟挽歌》

荒草何茫茫，白杨亦萧萧。严霜九月中，送我出远郊。四面无人居，高坟正嶕峣。马为仰天鸣，风为自萧条。幽室一已闭，千年不复朝。千年不复朝，贤达无奈何。向来相送人，各自还其家。亲戚或余悲，他人亦已歌。死去何所道，托体同山阿。

两汉之诗，所以与魏晋不同者，两汉重意，魏晋后渐重词。两汉古淡，魏晋以后渐趋于妍丽。两汉以气运词，魏晋以后渐以词为累，而气不能举也。抑两汉多悲愤幽怨之作，魏晋而后渐多宴集酬对之辞。一根于情，一不根于情，实其升降之所由矣。

此等变迁，实以建安为其关键。然魏晋稍弱稍华耳，大体犹不失古意也。至宋以后，则雕镂弥甚，古意寝亡矣。

宋诗颜、谢并称，然延年雕镂过甚，不如康乐能出以自然。

颜延年《赠王太常》

玉水记方流，璇源载圆折。蓄宝每希声，虽秘犹彰彻。聆龙瞩九泉，闻凤窥丹穴。历听岂多工，唯然觏世哲。舒文广国华，敷言远朝列。德辉灼邦懋，芳风被乡耋。侧同幽人居，郊扉常昼闭。林闾时晏开，亟回长者辙。庭昏见野阴，山明望松雪。静惟浃群化，徂生入穷节。豫往诚欢歇，悲来非乐阕。属美谢繁翰，遥怀其（贝）短札。

延年之诗，《诗品》谓源出士衡，然士衡多偶对，好藻饰耳，镂刻不如延年之甚。延年诗自不如康乐之自然，然厚重犹近古，康乐虽清俊，去古实弥远矣。

谢灵运《石壁精舍还湖中作》

昏旦变气候，山水含清晖。清晖能娱人，游子憺忘归。出谷日尚早，入舟阳已微。林壑敛暝色，云霞收夕霏。芰荷迭映蔚，蒲稗相因依。披拂趋南径，愉悦偃东扉。虑澹物自轻，意惬理无违。寄言摄生客，试用此道推。

康乐最长写景，故与渊明并称。然渊明即景见情，康乐纯乎写景，又其异焉者也。惠连巧琢，质不胜文，又非康乐之俦矣。

宋诗推鲍明远最为矫健，乐府尤胜。

鲍照《代东门行》

伤禽恶弦惊，倦客恶离声。离声断客情，宾御皆涕零。涕零心断绝，将去复还诀。一息不相知，何况异乡别。遥遥征驾远，杳杳白日晚。居人掩闺卧，行子夜中饭。野风吹草木，行子心肠断。食梅常苦酸，衣葛常苦寒。丝竹徒满坐，忧人不解颜。长歌欲自慰，弥起长恨端。

又《拟行路难》五首

奉君金卮之美酒，玳瑁玉匣之雕琴，七彩芙蓉之羽帐，九华蒲萄之锦衾。红颜零落岁将暮，寒光宛转时欲沉。愿君裁悲且减思，听我抵节行路吟。不见柏梁铜雀上，宁闻古时清吹音。

洛阳名工铸为金博山，千斫复万镂。上刻秦女携手仙，承君清夜之欢娱。列置帏里明烛前，外发龙鳞之丹彩，内含麝芬之紫烟。如今君心一朝异，对此长叹终百年。

璇闺玉墀上椒阁，文窗绣户垂罗幕。中有一人字金兰，被服纤罗采芳藿。春燕参池风散梅，开帏对景弄春爵。含歌揽涕恒抱愁，人生几时得为乐。宁作野中之双凫，不愿云间之别鹤。

泻水置平地，各自东西南北流，人生亦有命，安能行叹复坐愁。酌酒以自宽，举杯断绝歌路难。心非木石岂无感，吞声踯躅不敢言。

对案不能食，拔剑击柱长叹息。丈夫生世会几时，安能蹀躞垂羽翼。弃置罢官去，还家自休息。朝出与亲辞，暮还在亲侧。弄儿床前戏，看妇机中织。自古圣贤尽贫贱，何况我辈孤且直。

此太白七古所取法也。

永明以后，渐开唐境，梁代宫体，益之浮艳，古意愈漓矣。今录数首于下，以见其概。

谢朓《入朝曲》

江南佳丽地，金陵帝王州。逶迤带绿水，迢递起朱楼。飞薨夹驰道,垂杨荫御沟。凝笳翼高盖,叠鼓送华辀。献纳云台表,功名良可收。

简文帝《折杨柳》

杨柳乱成丝,攀折上春时。叶密鸟飞碍,风轻花落迟。城高短箫发,林空画角悲。曲中无别意,并是为相思。

沈约《别范安成》

生平少年日,分手易前期。及尔同衰暮,非复别离时。勿言一樽酒,明日难重持。梦中不识路,何以慰相思。

江淹《陶征君潜田居》

种苗在东皋,苗生满阡陌。虽有荷锄倦,浊酒聊自适。日暮巾柴车,路暗光已夕。归人望烟火,稚子候檐隙。问君亦何为,百年会有役。但愿桑麻成,蚕月得纺绩。素心正如此,开径望三益。

庾肩吾《咏长信宫中草》

委翠似知节,含芳如有情,全由履迹少,并欲上阶生。

何逊《相送》

客心已百念,孤游重千里。江暗雨欲来,浪白风初起。

阴铿《开善寺》

鹫岭春光遍,王城野望通。登临情不极,萧散趣无穷。莺随入户树,花逐下山风。栋里归云白,窗外落晖红。古石何年卧,枯树几春空。淹留惜未及,幽桂有芳丛。

徐陵《别毛天寤(永嘉)》

愿子厉风规,归来振羽仪。嗟余今老病,此别空长离。白马君来哭,黄泉我讵知。徒劳脱宝剑,空挂陇头枝。

庾信《喜晴应诏》

御辩诚膺录,维皇称有建。雷泽昔经渔,负夏时从贩。柏梁骖驷马,高陵驰六传。有序属宾连,无私表平宪。河堤崩故柳,秋水高新堰。心斋愍昏垫,乐彻怜胥怨。禅河秉高论,法轮开胜辩。王城水斗息,洛浦河图献。伏泉还习坎,归风已回巽。桐枝长旧围,蒲节抽新寸。山薮欣藏疾,幽栖得无闷。有庆兆民同,论年天子万。

诸诗虽又迥异魏晋,然置之唐人诗中,则皆为高格也。

《文选》各诗,皆以其内容分类,盖人之才性,各有所近,长于此者,不必长于彼,此亦不可不知也。今录其分类之名如左:

补亡　述德　劝励劝者进善之名,励者勖己之称。　献诗
公宴　相馈　咏史　百一　游仙　招隐　游览　咏怀
哀伤　赠答　行旅　军戎　郊庙　乐府　挽歌　杂歌
杂诗　杂拟

五言古诗至唐代变化而成律诗。律诗者篇有定句,句有定声。俗说谓律诗之起,由于声病。案八病之说,见于《诗人玉屑》,与古律无关,且亦不必尽拘也。

一曰平头　第一字不得与第六字,第二字不得与第七字同声,如"今日良宴会,欢乐莫具陈","今""欢"皆平声,"日""乐"皆入声。

二曰上尾　第五字不得与第十字同声,如"青青河畔草,郁郁园中柳","草""柳"皆上声。

三曰蜂腰　第二字不得与第五字同声,如"闻君爱我甘,窃欲自修饰","君""甘"皆平声,"欲""饰"皆入声。

四曰鹤膝　第五字不得与第十五字同声,如"客从远方来,遗我一书札。上言长相思,下言久离别","来""思"皆平声。

五曰大韵　如声鸣为韵,上九字不得用惊倾平荣字。

六曰小韵　除押韵字外,九字中不得有两字同韵,如韵为桥,诗

中则不用遥条。

七曰旁纽,八曰正纽　十字内两字叠韵为正纽,若不共一组,而有双声为旁纽。如流久为正纽,流柳为旁纽。

凡律诗,以中四句对偶为正格,但亦有八句全对,或八句全不对者,又有前六句对后六句对者,有但对第三四句,或第五六句者,又有首联对而次联不对者,其实并无一定。五七律皆然。

平仄则有一定,异乎正规者,谓之拗体。拗体亦有一定音节。俗说"一三五不论,二四六分明",最谬。此非但不可论律诗,并不可论古诗也。拗体有以第三字与第五字平仄互易者,如"溪云初起日沉阁,山雨欲来风满楼"是。又有以第五六字互易者,如"来时珥笔夸健讼,去日攀车余泪痕"是。然亦并无一定规律。其实拗句乃律体中夹古句耳。然古体音节无定而有定,故不能以"一三五不论"等粗浅之说概之也。

律诗之体,实至沈、佺期。宋之问。始成。前此即有之,亦只可云偶合耳。

律诗不以八句为限者,是为排律。其体亦原于隋以前,如薛道衡之《昔昔盐》是也。盖律诗原不以八句为限,特唐人之作律诗,多取八句者耳。不限于八句而又变古为律,是即排律也。唐人排律以少陵为第一。前乎此者王、杨、卢、骆,颇乏生气;后乎此者,微之、居易又无浩瀚之观。要之,此体不易作也。

七言歌行,亦源于乐府,论者多以《柏梁》为七言之祖。然此篇之为赝鼎,灼然无疑。与其称此篇,不如径举《秋风》、《瓠子》之辞,更上之则大风、拔山、易水之歌,皆七言之远祖也。魏文帝《燕歌行》则形式亦与七言歌行无异矣。

曹丕《燕歌行》

秋风萧瑟天气凉,草木摇落露为霜。群燕辞归雁南翔,念君客游思断肠。慊慊思归恋故乡,君何淹留寄他方。贱妾茕茕守空房，忧来思君不敢忘。不觉泪下沾衣裳，援琴鸣弦发清商，短歌微吟不能长。明月皎皎照我床，星汉西流夜未央。牵牛织女遥相望，尔独何辜限河梁。

此后如平子《四愁》等，亦直接为唐人所仿效。

古诗平仄无定而有定，不能不讲而亦不能指出一定规律，只可多读而自知之。质言之，则古诗音节合全篇而定，非如律诗之每句有定，故不能具体举出也。七古押韵有每句皆韵者，有两句一韵者，亦有错落不一定者。一韵到底可，换韵亦可。其中最整齐之一种，每四句一换韵。更整齐者，则其换韵恒平仄相间。凡古诗必不可入律句，惟此体最近律，入律句无妨，且必有整齐平顺类律之句乃佳。古诗贵雍穆，乐府特剽姚，前已言之。七言古诗尤贵有曲折顿挫之致，有硬语盘空之妙。一言蔽之，则在有气以运之耳。

近体原于古诗，绝句出于乐府，以为截律诗而为之则谬矣。赵氏翼云：杨伯谦元杨士宏。谓五言绝句，唐初变六朝子夜体也。七言绝句，初唐尚少，中唐渐盛，然梁简文《夜望单雁》一首案其辞曰："天霜河白夜星稀，一雁声嘶何处归。早知半路应相失，不如从来本独飞。"已是七绝云云。今按《南史》：宋晋熙王昶奔魏，在道慷慨为断句。诗曰："白云满鄣来，黄尘半天起。关山四面绝，故乡几千里。"梁元帝降魏，在幽逼时制诗四绝，其一曰："南风且绝唱，西陵最可悲。今日还蒿里，终非封禅时。"曰断句，曰绝句，则宋梁时已称绝句也。柳恽《和梁武帝景阳楼篇》云："太液沧波起，长杨高树秋。翠华承汉远，雕辇逐风流。"陈文帝时，陈宝应起兵，沙门慧标作诗送之曰："送马犹临水，离旗稍隐风。好看今夜月，当照紫微宫。"隋炀帝宫中侯夫人诗："饮泣不成泪，悲来翻强歌。庭花方烂漫，无计奈春何。"萧子云《玉笋（筍）山》诗："千载云霞一径通，暖烟迟日锁溶溶。鸟啼春昼桃花拆，独步溪头探碧茸。"虞世南《袁宝儿》诗："学画鸦儿半未成，垂肩大袖太憨生。缘憨却得君王宠,长把花枝傍辇行。"其时尚未有律诗,而音节和谐已若此,岂非五七绝之滥觞乎。案古绝句:"藁砧今何在,山上复有山。何当大刀头,破镜飞上天。"又在"子夜歌"之前也。

绝句大率一二四句皆韵,但第一句不韵亦可。四句不对,前两句句各一意,后两句一意,最为正格。但四句俱对,或前两句对,或后两句对,均无不可。总之,绝句以自然为佳,当如初写黄庭,恰到好处,一著力便不是,板滞更不可也。杜陵绝句尚贻半律之讥,其他更无论矣。

唐诗有盛、中、晚之分,其说起于宋严羽之《沧浪诗话》。明高廷礼选《唐诗品汇》,乃立初、盛、中、晚之分,大概以武德以后为初,开元为盛,大历以后为中,大中以后为晚。然此特以大较言之,不能真划分年代。如杜甫为盛唐大家,然其诗作于大历后者实多也。

初唐之特色在变陈、隋以来之靡丽,而返之于魏、晋。其中卓然能自树立者,为陈子昂、张九龄两家。王士禛谓"夺魏晋之风骨,变陈梁之俳优,陈伯玉之力最大,曲江公继之,太白又继之"是也。今录二人感遇诗各数章如下:

陈子昂《感遇》三首

微月生西海,幽阳始代升,圆光正东满,阴魄已朝凝。太极生天地,三元更废兴,至精谅斯在,三五谁能征。

幽居观大运,悠悠念群生。终古代兴没,豪圣莫能争。三季沦周赧,七雄灭秦嬴。复闻赤精子,提剑入咸京。炎光既无象,晋虏纷纵横。尧禹道既昧,昏虐世方行。岂无当世雄,天道与胡兵。咄咄安可言,时醉而未醒。仲尼溺东鲁,伯阳遁西溟。大运自古来,旅人胡叹哉。

翡翠巢南海,雌雄珠树林。何知美人意,娇爱比黄金。杀身炎州里,委羽玉堂阴。旖旎光首饰,葳蕤烂锦衾。岂不在遐远,虞罗忽见寻。多材固为累,叹息此珍禽。

张九龄《感遇》二首

兰叶春葳蕤,桂华秋皎洁。欣欣此生意,自尔为佳节。谁知林栖者,闻风坐相悦。草木有本心,何求美人折。

西日下山隐,北风乘夕流。燕雀感昏旦,檐楹呼匹俦。鸿鹄虽自远,哀音非所求。贵人弃疵贱,下士尝殷忧。众情累外物,恕己忘内修。感叹长如此,使我心悠悠。

魏晋而后,日由质而入于文,至唐则由文而复诸质。诗文之趋势一也。

五律当唐初犹未大成,至沈、宋则与古诗判然矣。

王勃《铜雀伎》

金凤邻铜雀,漳河望邺城。君王无处所,台榭若平生。舞席纷何就,歌梁俨未倾。西陵松槚冷,谁见绮罗情。

陈子昂《晚次乐乡县》

故乡杳无际,日暮且孤征。川原迷旧国,道路入边城。野戍荒烟断,深山古木平。如何此时恨,嗷嗷夜猿鸣。

宋之问《杂诗》

闻道黄龙戍,频年不解兵。可怜闺里月,长在汉家营。少妇今春意,良人昨夜情。谁能将旗鼓,一为取龙城。

沈佺期《度大庾岭》

度岭方辞国,停轺一望家。魂随南翥鸟,泪尽北枝花。山雨初含霁,江云欲变霞。但令归有日,不敢恨长沙。

初唐诗浑涵,未尽发泄,中唐则稍涉清俊矣。唐人之诗,所以牢笼万有,开古人未有之境者,全在盛唐。盛唐之中,自以李、杜称首。然李特天才超越而已;于各体皆自立门户,不依傍古人,而变化之多，又如建章宫千门万户，则自古迄今，未有如少陵者，称为诗圣，良不诬也。

太白五古，全是魏晋风格，今录一首为例。

李白《古风》

大雅久不作，吾衰竟谁陈，王风委蔓草，战国多荆榛。龙虎相啖食，兵戈逮狂秦。正声何微芒，哀怨起骚人。扬马激颓波，开流荡无垠。废兴虽万变，宪章亦已沦。自从建安来，绮丽不足珍。圣代复元古，垂衣贵清真。群才属休明，乘运共跃鳞。文质相炳焕，众星罗秋旻。我志在删述，垂辉映千春。希圣如有立，绝笔于获麟。

太白天才之表现，尤在其七古。

李白《行路难》二首

金樽清酒斗十千，玉盘珍羞直万钱。停杯投箸不能食，拔剑四顾心茫然。欲渡黄河冰塞川，将登太行雪满山。闲来垂钓碧溪上，忽复乘舟梦日边。行路难，行路难，多岐路，今安在，长风破浪会有时，直挂云帆济沧海。

大道如青天，我独不得出。羞逐长安社中儿，赤鸡白狗赌梨栗。弹剑作歌奏苦声，曳裾王门不称情，淮阴市井笑韩信，汉朝公卿忌贾生。君不见昔时燕家重郭隗，拥彗折节无嫌猜。剧辛乐毅感恩分，输肝剖胆效英才。昭王白骨萦蔓草，谁人更扫黄金台。行路难，归去来。

《行路难》直抒胸臆，不过笔力挺拔而已；《山鹧鸪》全首皆用比兴，若嘲若讽，如泣如诉，直与歌谣无异。《太白集》中，此等作品最多。诗之先祖，原系谣词，然既成为诗，则为学士大夫之业，与农夫野老信口所成，绝然异趣。闻见之广，托兴之高，词句之丽，数典之博,种种方面自然谣不如诗。然有一端,诗亦绝逊其先祖者,则天趣是已。此由农夫野老所感觉者,率为天然之景物;所吐露者,即为胸中之感情,真而且质,绝无点染,而学士大夫,则用过许多书本上之功夫,其所取之材料,所得之感想,往往从书本上来,虽书本之所记,原系从事物得来,然校之天然之景物,胸中之感情,总已翻印过一次故也。于此点文人学士之作,绝不能与农夫竞胜。唯太白歌行,有时置之谣词中,竟可以乱楮叶,此则欲不归诸其天才之超越而不可得已。

此外太白所长,亦在绝诗,因绝句著力不得,全靠天分也。

李白《山鹧鸪词》

苦竹岭头秋月辉,苦竹南枝鹧鸪飞,嫁得燕山胡雁婿,欲衔我向雁门归。山鸡翟雉来相劝,南禽多被北禽欺。紫塞严霜如剑戟,苍梧欲巢难背违。我心誓死不能去,哀鸣惊叫泪沾衣。

又《山中答俗人》

问余何意栖碧山,笑而不答心自闲。桃花流水窅然去,别有天地非人间。

又《从军行》

百战沙场碎铁衣,城南已合数重围。突营射杀呼延将,独领残兵千骑归。

亦殊见设想之高远,笔力之纵横也。

少陵之诗,有不尽可以诗求之者,于此可见文学之大本大原。文学本感情之产物,性情凉薄之人,决不能有涵盖古今之作。古来诗人,固多与世相忘,看似冷淡者,其实彼皆极热心之人,惟其热心,是以悲观,悲观之极,乃转遁入于冷淡。若本为自了汉,与社会痛痒不相关,但得饱食暖衣,便已欣然自足,则更有何感慨?且诗人未有不爱自然之景物者,爱自然之景物,是亦爱也。漠然寡情之人,对于社会固已无情,对于自然亦然,此等人安得有作诗之动机耶?故真正之文学家,必其感情热烈,天性真挚者。吾不敢谓感情热烈、天性真挚之人,遂无足与少陵比者,然亦罕矣。且彼其感情用诸国家,用诸社会,又非徒为一身一家及宗族交游者比也。其感情之量既大,则其发抒之,自然轮囷郁勃无奇不有已。

少陵之所难,在其于各体皆能自出机杼,不依傍古人。此则非徒性情之真挚浓厚,而其文学上之技术,亦足惊人矣。今试先观其五古之长篇。

杜甫《自京赴奉先县咏怀五百字》

杜陵有布衣,老大意转拙,许身一何愚,窃比稷与契。居然成濩落,白首甘契阔。盖棺事则已,此志常觊豁。穷年忧黎元,叹息肠内热。取笑同学翁,浩歌弥激烈。非无江海志,潇洒送日月。生逢尧舜君,不忍便永诀。当今廊庙具,构厦岂云缺?葵藿倾太阳,物性固莫夺。顾惟蝼蚁辈,但自求其穴。胡为慕大鲸,辄拟偃溟渤。以兹悟生理,独耻事干谒。兀兀遂至今,忍为尘埃没。终愧巢与由,未能易其节。沉饮聊自遣,放歌颇愁绝。岁暮百草零,疾风高冈裂。天衢阴峥嵘,客子中夜发。霜严衣带断,指直不得结。凌晨过骊山,御榻在嵽嵲。蚩尤塞寒空,蹴踏崖谷滑。瑶池气郁律,羽林相摩戛。君臣留欢娱,乐动殷胶葛。赐浴皆长缨,与宴非短褐。彤庭所分帛,本自寒女出,鞭挞其夫家,聚敛贡城阙。圣人筐篚恩,实欲邦国治,臣如忽至理,君岂弃此物。多士盈朝廷,仁者宜战栗。况闻内金盘,尽在卫霍室,中堂有神仙,烟雾蒙玉质,暖客貂鼠裘,悲管逐清瑟,劝客驼蹄羹,霜橙压香橘。朱门酒肉臭,路有冻死骨。荣枯咫尺异,惆怅难再述。北辕就泾渭,官渡又改辙。群水从西下,极目高崒兀。疑自崆峒来,恐触天柱折。河梁幸未坼,枝撑声窸窣。行旅相攀援,川广不可越。老妻寄异县,十口隔风雪。谁能久不顾,庶往共饥渴。入门闻号咷,幼子饥已卒。吾宁舍一哀,里巷亦呜咽。所愧为人父,无食致夭折。岂知秋禾登,贫窭有仓卒,生常免租税,名不隶征伐,抚迹犹酸辛,平人固骚屑。默思失业徒,因念远戍卒。忧端齐终南,澒洞不可掇。

此诗自起至"放歌颇愁绝",先自述生平,自此以下,皆述自京赴奉先县之事,中间因过骊山,追怀往事,发出如许一大段议论,章法先已奇绝。其中如"岁暮百草零,疾风高冈裂",起笔之有气势;"严霜衣带断,指直不得结","蚩尤塞寒空,蹴踏崖谷滑","群水从西下……恐触天柱折",写景之工;"彤廷所分帛……仁者宜战栗"一段,议论之正大;"况闻内金盘……惆怅难再述"一段,措词之沉痛,此段所写之事,极为沉痛,而"中堂有神仙……霜橙压香橘"设色极为绮丽,仅"朱门酒肉臭,路有冻死骨"十字,出以激越之声,而"荣枯咫尺异,惆怅难再述",仍作婉约之词,知此便无刺激性过甚之患。凡文字贵能刺激起人之感想,然刺激过烈,则又使人难受也。均堪独有千古。"谁能久不顾,庶往共饥渴","所愧为人父,无食至夭折",尤为性情真挚之言。终复念及失业之徒,远戍之卒,"穷年忧黎元,叹息肠内热"非门面之词矣。

杜陵五古,写景尤有极工者,如《羌村三首》是。

杜甫《羌村三首》

峥嵘赤云西,日脚下平地。柴门鸟雀噪,归客千里至。妻孥怪我在,惊定还拭泪。世乱遭飘荡,生还偶然遂。邻人满墙头,感叹亦歔欷。夜阑更秉烛,相对如梦寐。

晚岁迫偷生,还家少欢趣。娇儿不离膝,畏我复却去。忆昔好追凉,故绕池边树。萧萧北风劲,抚事煎百虑。赖知禾黍收,已觉糟床注。如今足斟酌,且用慰迟暮。

群鸡正乱叫，客至鸡斗争。驱鸡上树木，始闻叩柴荆。父老四五人，问我久远行。手中各有携，倾榼浊复清。苦辞酒味薄，黍地无人耕。兵革既未息，儿童尽东征。请为父老歌，艰难愧深情。歌罢仰天叹，四坐泪纵横。

其中如"邻人满墙头……相对如梦寐"，"娇儿不离膝，畏我复却去"，"群鸡正乱叫……始闻扣柴荆"，不徒画所不到，即作白话小说者，亦不能如此深切也。善写村野景物者莫如渊明，然渊明自然诚自然矣，有此深切境界乎？

描写社会情况之作，尤为杰出，所以有"诗史"之称也。《三吏三别》最为有名，今各举一首如下：

杜甫《石壕吏》

暮投石壕村，有吏夜捉人。老翁逾墙走，老妇出门看。吏呼一何怒，妇啼一何苦。听妇前致词：三男邺城戍，一男附书至，二男新战死。存者且偷生，死者长已矣。室中更无人，惟有乳下孙。孙有母未去，出入无完裙。老妪力虽衰，请从吏夜归。急应河阳役，犹得备晨炊。夜久语声绝，如闻泣幽咽。天明登前途，独与老翁别。

又《新婚别》

兔丝附蓬麻，引蔓故不长。嫁女与征夫，不如弃路傍。结发为妻子，席不暖君床。暮婚晨告别，无乃太匆忙。君行虽不远，守边赴河阳。妾身未分明，何以拜姑嫜。父母养我时，日夜令我藏。生女有所归，鸡狗亦得将。君今死生地，沉痛迫中肠。誓欲随君往，形势反苍黄。勿为新婚念，努力事戎行。妇人在军中，兵气恐不扬。自嗟贫家女，久致罗襦裳。罗襦不复施，对君洗红妆。仰视百鸟飞，大小必双翔。人事多错迕，与君永相望。

此诗《新婚别》。起四句及"父母养我时"四句,全然是乐府杼轴。然乐府叙事,多迷离惝恍,而杜陵能变为正式之叙事诗,此其所以膺"诗史"之目而无愧也。通首作新嫁娘自述口气,时时更端须看其用笔转换之妙。

其七言歌行,亦有足与此媲美者。如《兵车行》等是。

杜甫《兵车行》

车辚辚,马萧萧,行人弓箭各在腰。爷娘妻子走相送,尘埃不见咸阳桥。牵衣顿足拦道哭,哭声直上干云霄。道傍过者问行人,行人但云点行频。或从十五北防河,便至四十西营田。去时里正与裹头,归来头白还戍边。边亭流血成海水,武皇开边意未已。君不闻汉家山东二百州,千村万落生荆杞,纵有健妇把锄犁,禾生陇亩无东西。况复秦州耐苦战,被驱不异犬与鸡。长者虽有问,役夫敢申恨。且如今年冬,未休关西卒,县官急索租,租税从何出。信知生男恶,反是生女好,生女犹得嫁比邻,生男埋没随百草。君不见青海头,古来白骨无人收,新鬼烦冤旧鬼哭,天阴雨湿声啾啾。

其言情之作,亦美不胜收,今举一篇为例。

杜甫《醉歌行》

陆机二十作文赋,汝更小年能缀文。总角草书又神速,世上儿子徒纷纷。骐骥作驹已汗血,鸷鸟举翮连青云。词源倒流三峡水,笔阵独扫千人军。只今年才十六七,射策君门期第一。旧穿杨叶真自知,暂蹶霜蹄未为失。偶然擢秀非难取,会是排风有毛质。汝身已见唾成珠,汝伯何由发如漆。春光淡沱秦东亭,渚蒲芽白水荇青。风吹客衣日杲杲,树搅离思花冥冥。酒尽沙头双玉瓶,众宾已醉我独醒。乃知贫贱别更苦,吞声踯躅涕泣零。

此诗前半皆叙事，"汝身已见唾成珠，汝伯何由发如漆"两句，以慷慨呜咽之音，开出下文一段，章法亦绝妙。"春光淡沱"四句，写得景色惨淡，尤非俗手所能。

其叙事之作，亦有极工者，今亦举一首为例。

杜甫《丹青引》

将军魏武之子孙，于今为庶为清门。英雄割据虽已矣，文采风流今尚存。学书初学卫夫人，但恨无过王右军。丹青不知老将至，富贵于我如浮云。开元之中常引见，承恩数上南薰殿。凌烟功臣少颜色，将军下笔开生面。良相头上进贤冠，猛将腰间大羽箭。褒公鄂公毛发动，英姿飒爽来酣战。先帝天马玉花骢，画工如山貌不同。是日牵来赤墀下，迥立阊阖生长风。诏谓将军拂绢素，意匠惨淡经营中。斯须九重真龙出，一洗万古凡马空。玉花却在御榻上，榻上庭前屹相向。至尊含笑催赐金，圉人太仆皆惆怅。弟子韩干早入室，亦能画马穷殊相。干惟画肉不画骨，忍使骅骝气凋丧。将军尽善盖有神，偶逢佳士亦写真。即今漂泊干戈际，屡貌寻常行路人。途穷返遭俗眼白，世上未有如公贫。但看古来盛名下，终日坎壈缠其身。

此诗一起便尔超绝。"良相头上进贤冠"四句，随笔敷陈，竟与白话诗无异。而尤难者，则状曹霸画马只"意匠惨淡经营中"七字；称其画之工，则只"一洗万古凡马空"七字而已。然使他人作千百语，不能如此该括也。此所谓笔力也。"玉花却在御榻上，榻上庭前屹相向"，以此状其画马之毕肖，谁解如此写法？"至尊含笑催赐金，圉人太仆皆惆怅"，尤画所不到已。"即今漂泊干戈际……终日坎壈缠其身"，无一语不惊心动魄。杜陵固善用重笔——沉着之笔也。

以上所言,皆杜陵古风,至其近体,尤能缩多数之意思于寥寥数十字之中,其味无穷,使人百读不厌也。今于其五七言律各举数章如下。

杜甫《送远》

带甲满天地,胡为君远行?亲朋尽一哭,鞍马去孤城。草木岁月晚,关河霜雪清。别离已昨日,在见古人情。

又《春望》

国破山河在,城春草木深。感时花溅泪,恨别鸟惊心。烽火连三月,家书抵万金。白头搔更短,浑欲不胜簪。

又《月夜》

今夜鄜州月,闺中只独看。遥怜小儿女,未解忆长安。香雾云鬟湿,清辉玉臂寒。何时倚虚幌,双照泪痕干。

又《登楼》

花近高楼伤客心,万方多难此登临。锦江春色来天地,玉垒浮云变古今。北极朝廷终不改,西山寇盗莫相侵。可怜后主还祠庙,日暮聊为梁父吟。

又《恨别》

洛城一别四千里,胡骑长驱五六年。草木变衰行剑外,兵戈阻绝老江边。思家步月清宵立,忆弟看云白日眠。闻道河阳近乘胜,司徒急为破幽燕。

无不气象万千,有尺幅千里之势。“国破山河在”四句,“锦江春色来天地”一联,尤为精炼无伦。此等句法,后人非不效为之,然厚薄终不侔矣。

杜陵古近体绵亘数章,此章法无不极谨严。近举《诸将》五首为例。

杜甫《诸将》

汉朝陵墓对南山,胡虏千秋尚入关。昨日玉鱼蒙葬地,早时金碗出人间。见愁汗马西戎逼,曾闪朱旗北斗闲。多少材官守泾渭,将军且莫破愁颜。

韩公本意筑三城,拟绝天骄拔汉旌。岂谓尽烦回纥马,翻然远救朔方兵。胡来不觉潼关隘,龙起犹闻晋水清。独使至尊忧社稷,诸君何以答升平。

洛阳宫殿化为烽,休道秦关百二重。沧海未全归禹贡,蓟门何处觅尧封。朝廷衮职谁争补,天下军储不自供。稍喜临边王相国,肯销金甲事春农。

回首扶桑铜柱标,冥冥氛祲未全销。越裳翡翠无消息,南海明珠久寂寥。殊锡曾为大司马,总戎皆插侍中貂。炎风朔雪天王地,只在忠臣翊圣朝。

锦江春色逐人来,巫峡清秋万壑哀。正忆往时严仆射,共迎中使望乡台。主恩前后三持节,军令分明数举杯。西蜀地形天下险,安危须仗出群材。

杜陵于当时诸将,疾首痛心,然此诸诗,无不婉挚,可见诗人性情之厚也。杜陵婉约之处,亦为独有千古。以其气力大,人不之觉耳。"胡来不觉潼关隘,龙起犹闻晋水清",对法奇特,独有千古。西江派法门,全系从此等处而得。然宋人诗往往有意求奇,便失之薄,且露斧凿痕迹,不如杜陵之出以自然,觉其深厚耳。前四首皆极沉挚,末首易以清俊,尤见组织之妙。

杜陵各体皆工,必欲求其稍逊者,则绝句耳。因绝句著气力不得,而杜诗魄力雄厚,横绝古今,虽极敛抑,终不免露出狮子搏兔之态也。然如《江南逢李龟年》一首:"岐王宅里寻常见,崔九堂前几度闻。正是江南好风景,落花时节又逢君。"寥寥二十八字,而盛衰离合之故，毕具其中，亦非他家所易到矣。要之，谓杜陵绝句稍逊，此不过在杜陵诗中为较逊耳，固仍不失为大家也。

盛唐之诗卓然自成一派者，李杜而外，当推王、孟、高、岑。王、孟之诗皆清微淡远，为自然之宗，而以二者校之，王诗似尤胜。

王维《归嵩山作》

晴川带长薄，车马去闲闲。流水如有意，暮云相与还。荒城临古渡，落日满秋山。迢递嵩山下，归来且闭关。

孟浩然《过故人庄》

故人具鸡黍，邀我至田家。绿树村边合，青山郭外斜。开筵面场圃，把酒话桑麻。待到重阳日，还来就菊花。

"绿树村边合，青山郭外斜"，写景可谓工极矣。"落日满秋山"五字，尤觉包括无限情景。五言至此，可谓洗炼之至。要之，五律至右丞叹为观止矣。

高、岑之诗，皆苍凉悲壮，骨格坚劲，才气奔放，边塞之作尤长，以其久参戎幕，故言之倍觉真切也。此亦可见诗与生活有关。

高适《燕歌行》

汉家烟尘在东北，汉将辞家破残贼。男儿本自重横行，天子非常赐颜色。摐金伐鼓下榆关，旌旆逶迤碣石间。校尉羽书飞瀚海，单于猎火照狼山。山川萧条极边土，胡骑凭陵杂风雨。战士军前半死生，美人帐下犹歌舞。大漠穷秋塞草腓，孤城落日斗兵稀。身当恩遇常轻敌，力尽关山未解围。铁衣远戍辛勤久，玉箸应啼别离后。少妇城南欲断肠，征人蓟北空回首。边庭飘飖那可度，绝域苍茫无所有。杀气三时作阵云，寒声一夜传刁斗。相看白刃血纷纷，死节从来岂顾勋？君不见沙场征战苦，至今犹忆李将军。

"山川萧条极边土,胡骑凭陵杂风雨",笔力横绝,真有风雨杂沓之势。"壮士军前半死生,美人帐下犹歌舞",沉痛极矣。然尚不如"身当恩遇常轻敌,力尽关山未解围",尤觉婉约而沉挚也。

岑参《白雪歌送武判官归京》

北风卷地白草折,胡天八月即飞雪。忽如一夜春风来,千树万树梨花开。散入珠帘湿罗幕,狐裘不暖锦衾薄。将军角弓不得控,都护铁衣难冷着。瀚海阑干百丈冰,愁云惨淡万里凝。中军置酒饮归客,胡琴琵琶与羌笛。纷纷暮雪下辕门,风掣红旗冻不翻。轮台东门送君去,去时雪满天山路。山回路转不见君,雪上空留马行处。

此诗笔力亦殊横绝,一结尤有不尽之致。

中唐之诗,韦、刘之古淡,元、白之平易,孟、贾之寒瘦,各有特色。而昌黎才力大而色泽古,尤为诗家一大宗。韦苏州诗极得自然之趣,论者以与渊明并称,然其善写荒凉之境,似又非陶之所有。

韦应物《初发扬子寄元大校书》

凄凄去亲爱,泛泛入烟雾。归棹洛阳人,残钟广陵树。今朝此为别,何处还相遇。世事波上舟,沿洄安得住。

又《赋得暮雨送李胄》

楚江微雨里,建业暮钟时。漠漠帆来重,冥冥鸟去迟。海门深不见,浦树远含滋。相送情无限,沾襟比散丝。

刘长卿《余干旅舍》

摇落暮天迥,青枫霜叶稀。孤城向水闭,独鸟背人飞。渡口月初上,邻家渔未归。乡心正欲绝,何处捣寒衣。

元、白诗最平易近人,故在当时风行最广。元之《连昌宫词》,白之《长恨歌》《琵琶行》等,久已脍炙人口。今举白之新乐府两首为例。

白居易《上阳人》

上阳人，上阳人，红颜暗老白发新。绿衣监使守宫门，一闭上阳多少春。玄宗末岁初选入，入时十六今六十。同时采择百余人，零落年深残此身。忆昔吞悲别亲族，扶入车中不教哭。皆云入内便承恩，脸似芙蓉胸似玉。未容君王得见面，已被杨妃遥侧目。妒令潜配上阳宫，一生遂向空房宿。宿空房，秋夜长，夜长无寐天不明。耿耿残灯背壁影，萧萧暗雨打窗声。春日迟，日迟独坐天难暮，宫莺百啭愁厌闻，梁燕双栖老休妒。莺归燕去长悄然，春往秋来不记年。唯向深宫望明月，东西四五百回圆。今日宫中年最老，大家遥赐尚书号。小头鞋履窄衣裳，青黛点眉眉细长。外人不见见应笑，天宝末年时世妆。上阳人，苦最多，少亦苦，老亦苦，少苦老苦两如何？君不见昔时吕向美人赋，又不见今日上阳宫人白发歌。

又《西凉伎》

西凉伎，假面胡人假狮子，刻木为头丝作尾，金镀眼睛银帖齿。奋迅毛衣摆双耳，如从流沙来万里。紫髯深目两胡儿，鼓舞跳梁前致辞。道似凉州未陷日，安西都护进来时，须臾云得新消息，安西路绝归不得。泣向狮子涕双垂，凉州陷没知不知？狮子回头向西望，哀吼一声观者悲。贞元边将爱此曲，醉坐笑看看不足。享宾犒士宴监军，狮子胡儿长在目。有一征夫年七十，见弄凉州低面泣。泣罢敛手白将军，主忧臣辱昔所闻。自从天宝兵戈起，犬戎日夜吞西鄙。凉州陷来四十年，河陇侵将七千里。平时安西万里疆，今日边防在凤翔。缘边空屯十万卒，饱食温衣闲过日。遗民肠断在凉州，将卒相看无意收。天子每思常痛惜，将军欲说合惭羞。奈何仍看西凉伎，取笑资欢无所愧。纵无智力未能收，忍取西凉弄为戏。

"同时采择百余人，零落年深残此身"，此两句最为刻入。有此两句，乃见同此境遇者多，此诗非专为一人咏也。"惟向深宫望明月，东西四五百回圆""外人不见见应笑，天宝末年时世妆"，尤极婉约之至。然其悲感，则弥深矣。《西凉伎》下半首节促而哀。

韩诗笔力坚劲，尤善斗险韵，今举其与东野联句一首为例。

韩愈孟郊《秋雨联句》

万木声号呼，百川气交会。郊庭翻树离合，牖变景明蔼。愈溇泻殊未终，飞浮亦云泰。郊牵怀到空山，属听迄惊濑。愈檐垂白练直，渠涨清湘大。郊甘津泽祥禾，伏润肥荒艾。愈主人吟有欢，客子歌无奈。郊侵阳日沈玄，剥节风搜兑。愈块圠游峡暄，飕飗卧江汏。郊微飘来枕前，高洒自天外。愈螫穴何迫迮，蝉枝埽鸣哕。郊楥菊茂新芳，径兰销晚馤。愈地镜时昏晓，池星竞漂沛。郊欢欸寻一声，灌注咽群籁。愈儒宫烟火湿，市舍煎熬忲。郊卧冷空避门，衣寒屡循带。愈水怒已倒流，阴繁恐凝害。郊忧鱼思舟楫，感禹勤畎浍。愈怀襄信可畏，疏决须有赖。郊筮命或冯著，卜晴将问蔡。愈庭商忽惊舞，墉萦亦亲酹。郊氛氲稍疏映，霁乱还拥荟。阴旌时摎流，帝鼓镇訇磕。愈枣圃落青玑，瓜畦烂文贝。贫薪不烛灶，富粟空填廥。愈秦俗动言利，鲁儒欲何丐。深路倒羸骖，弱途拥行轪。郊毛羽皆遭冻，离褷不能翔。翻浪洗虚空，倾涛败藏盖。郊吾人犹在陈，僮仆诚自邻。因思征蜀士，未免湿戎旆。愈安得发商飙，廓然吹宿霭。白日悬大野，幽泥化轻壒。愈战场暂一干，贼肉行可脍。愈搜心思有效，抽策期称最。岂惟虑收获，亦以救颠沛。郊禽情初啸俦，础色微收霈。庶几谐我愿，遂止无已太。愈

其七律亦大气磅礴，论者谓昌黎以文为诗，良有由也。

韩愈《八月十五夜赠张功曹》

纤云四卷天无河,清风吹空月舒波。沙平水息声影绝,一杯相属君当歌。君歌声酸辞且苦,不能听终泪如雨。洞庭连天九疑高,蛟龙出没猩鼯号。十生九死到官所,幽居默默如藏逃。下床畏蛇食畏药,海气湿蛰熏腥臊。昨者州前槌大鼓,嗣皇继圣登夔皋。赦书一日行万里,罪从大辟皆除死。迁者追回流者还,涤瑕荡垢朝清班。州家申名使家抑,坎轲只得移荆蛮。判司卑官不堪说,未免捶楚尘埃间。同时辈流多上道,天路幽险难追攀。君歌且休听我歌,我歌今与君殊科,一年明月今宵多。人生由命非由他,有酒不饮奈明何。

郊寒岛瘦,自昔并称,孟长古诗,贾长近体。其诗长于清刻,而其失亦在过于清刻,然亦足辟一格也。

贾岛《暮过山村》

数里闻寒水,山家少四邻。怪禽啼旷野,落日恐行人。初月未终夕,边烽不过秦。萧条桑柘外,烟火渐相亲。

他如"废馆秋萤出,空城寒雨来","远天垂地外,落日下峰西",刻画精妙,亦足见浪仙特色也。

韩柳以古文并称,而柳诗殊不类韩,其闲淡处,却与韦苏州相类,故亦有韦柳之称焉。

柳宗元《溪居》

久为簪组累,幸此南夷谪。闲依农圃邻,偶似山林客。晓耕翻露草,夜榜响溪石。来往不逢人,长歌楚天碧。

又《中夜起望西园值月上》

觉闻繁露坠,开户临西园。寒月上东岭,泠泠疏竹根。石泉远逾响,山鸟时一喧。倚楹遂至旦,寂寞将何言。

两首皆得自然之趣。柳州于描写天然景物,固有特长也。

中唐特色在于明秀而稳练,无复初唐之浑涵,盛唐之排奡。然其清俊,亦是可喜也,就中五律佳作最多。钱仲文、司空文初之诗,最足为其代表。

钱起《题玉山村叟屋壁》

谷口好泉石,居人能陆沈。牛羊下山小,烟火隔云深。一径入溪色,数家连竹阴。藏虹辞晚雨,惊隼落残禽。涉趣皆流目,将归羡在林。却思黄绶事,辜负紫芝心。

司空曙《喜外弟卢纶见宿》

静夜四无邻,荒居旧业贫。雨中黄叶树,灯下白头人。似我独沈久,愧君相见频。平生自有分,况是蔡家亲。

又《贼平后送人北归》

世乱同南去,时清独北还。他乡生白发,旧国见青山。晓月过残垒,繁星宿故关。寒禽与衰草,处处伴愁颜。

诸诗体格,突出王孟,而气则弱矣。至晚唐则刻画字句益甚,务求前人未到之境,清新也,而或流于纤弱。唐诗之境,至此乃穷,而不得不变矣。

晚唐佳作,五律较多,七律较逊,以五律尚不容甚刻画也。如温庭筠《送人东游》:

荒戍落黄叶,浩然离故关,高风汉阳渡,初日郢门山。江上几人在,天涯孤棹还。何当重相见,樽酒慰离颜。

气韵殊胜。然如:

《春日野行》

骑马蹋烟莎,青春奈怨何。蝶翎朝粉尽,鸦背夕阳多。柳艳欺芳带,山愁蹙翠蛾。别情无处说,方寸是星河。

又《商山早行》

晨起动征铎,客行悲故乡。鸡声茅店月,人迹板桥霜。槲叶落山路,枳花明驿墙,因思杜陵梦,凫雁满回塘。

句非不佳,而气体渐落卑近矣。

晚唐人五律佳者,今再举数首于下:

杜牧《题扬州禅智寺》

雨过一蝉噪,飘萧松桂秋。青苔满阶砌,白鸟故迟留。暮霭生深树,斜阳下小楼。谁知竹西路,歌吹是扬州。

许浑《冬夜泊僧舍》

江东寒近腊,野寺水天昏。无酒能消夜,随僧早闭门。照墙灯焰细,著瓦雨声繁。漂泊仍千里,清吟欲断魂。

崔涂《除夜有感》

迢递三巴路,羁危万里身。乱山残雪夜,孤烛异乡人。渐与骨肉远,转于僮仆亲。那堪正漂泊,明日岁华新。

许棠《塞外书事》

征路出穷边,孤吟傍戍烟。河光深荡塞,碛色迥连天。残日沉雕外,惊蓬到马前。空怀钓鱼所,未定卜归年。

马戴《落日怅望》

孤云与归鸟,千里片时间。念我一何滞,辞家久未还。微阳下乔木,远色隐秋山。临水不敢照,恐惊平昔颜。

司空图《早春》

伤心仍客处,病起却花朝。草嫩侵沙短,冰轻着雨消。风光知可爱,客鬓不相饶。早晚丹丘伴,飞书肯见招。

张乔《送友人许棠》

离乡积岁年,归路远依然。夜火山头市,春江树杪船。干戈愁鬓改，瘴疠喜家全。何处营甘旨，潮涛浸薄田。

韦庄《章台夜思》

清瑟怨遥夜，绕弦风雨哀。孤灯闻楚角，残月下章台。芳草已云暮，故人殊未来。乡书不可寄，秋雁又南回。

晚唐七律今亦举数首如下：

许浑《咸阳城东楼》

一上高城万里愁，蒹葭杨柳似汀洲。溪云初起日沉阁，山雨欲来风满楼。鸟下绿芜秦苑夕，蝉鸣黄叶汉宫秋。行人莫问当年事，故国东来渭水流。

韩偓《春尽》

惜春连日醉昏昏，醒后衣裳见酒痕。细水浮花归别涧，断云含雨入孤村。人闲易有芳时恨，地胜难招自古魂。慙愧流莺相厚意，清晨犹为到西园。

张泌《洞庭阻风》

空江浩荡景萧然，尽日菰蒲泊钓船。青草浪高三月渡，绿杨花扑一溪烟。情多莫举伤春目，愁极兼无买酒钱。犹有渔人数家住，不成村落夕阳边。

罗隐《绵谷回寄蔡氏昆仲》

一年两渡锦江游，前值东风后值秋。芳草有情皆碍马，好云无处不遮楼。山将别恨和心断，水带离声入梦流。今日因君试回首，淡烟乔木隔绵州。

诸诗句非不佳，然舍佳句而论气体，则索然意尽矣。诗至晚唐，乃可以摘句之法选之，前此无是也。

中晚唐绝诗，佳者却极多，今各举若干首于下：

韦应物《宿永阳寄璨师》

遥知郡斋夜,冻雪封松竹。时有山僧来,悬灯独自宿。幽绝。

又《怀琅琊二释子》

白云埋大壑,阴崖滴夜泉。应居西石室,月照水苍然。奇险。

又《闻雁》

故国渺何处,归思方悠哉。淮南秋雨夜,高斋闻雁来。缥渺。

刘长卿《送灵澈上人》

苍苍竹林寺,杳杳钟声晚。荷笠带斜阳,青山独归远。悠然意远。

刘方平《春雪》

飞雪带春风,徘徊乱绕空。君看似花处,偏在济城东。自然。

畅当《登鹳雀楼》

迥临飞鸟上,高出世尘间。天势围平野,河流入断山。雄阔。

顾况《忆旧游》

悠悠南国思,夜向江南泊,楚客断肠时,月明枫子落。幽怨。

李端《听筝》

鸣筝金粟柱,素手玉房前,欲得周郎顾,时时误拂弦。深曲。绝诗篇幅短,必能作深曲之句,乃能有回旋之地也。

又《溪行遇雨寄柳中庸》

日落众山昏,潇潇暮雨繁,那堪两处宿,共听一声猿。寓言情于写景之中,便觉情深。中庸《江行》云:"繁阴乍隐洲,落叶初飞浦。萧萧楚客帆,暮入寒江雨。"亦足媲美。

卢纶《塞下曲》

月黑雁飞高,单于夜遁逃。欲将轻骑逐,大雪满弓刀。得六朝乐府神髓。

柳宗元《长沙驿》

海鹤一为别,存亡三十秋。今来数行泪,独上驿南楼。轻倩。

刘禹锡《罢和州游建康》

秋水清无力，寒山暮多思。官闲不计程，遍上南朝寺。闲适。

又《秋风引》

何处秋风至，萧萧送雁群。朝来入庭树，孤客最先闻。自然而深婉。

又《淮阴行》

今日转船头，金乌指西北。烟波与春草，千里同一色。此等自然之句，殆非人力所能到。谢灵运以"池塘生春草"之句自诧，亦此境耳。

王涯《闺人赠远》

形影一朝别，烟波万里春。君看望君处，只是起行云。平淡。只是得力于不著力耳。

元稹《行宫》

寥落古行宫，宫花寂寞红。白头宫女在，闲坐说玄宗。深婉。

又《西还》

悠悠洛阳梦，郁郁灞陵树。落日正西归，逢君又东去。淡而有味。

杜牧《江楼》

独酌芳春酒，登楼已半醺。谁将一行雁，冲断过江云。隽句。

温庭筠《碧涧驿晓思》

孤灯伴残梦，楚国在天涯。月落子规歇，满庭山杏花。后二句写景好，若言情，则无味矣。

许浑《塞下曲》

夜战桑乾北，秦兵半不归。朝来有乡信，犹是寄寒衣。沉著。

赵嘏《寒塘》

晓发梳临水，寒塘坐见秋。乡心正无限，一雁过南楼。轻倩。

李频《渡汉江》

岭外音书绝，经冬复历春。近乡情更怯，不敢问来人。真挚。

绝句忌雕琢，如钱起《江行》云："蛩响依莎草，萤飞透水烟。夜凉谁咏史，空泊运租船。"首两句非不佳也，已嫌其工整矣。贵自然而亦忌率易，如白居易《南浦别》云："南浦凄凄别，西风嫋嫋秋。一看肠一断，好去莫回头。"下两句殊无味，即由率易故也。白诗多有此病，不可不知。

韦应物《滁州西涧》

独怜幽草涧边生，上有黄鹂深树鸣。春潮带雨晚来急，野渡无人舟自横。写景幽绝。

李益《夜上受降城闻笛》

回乐峰前沙似雪，受降城外月如霜。不知何处吹芦管，一夜征人尽望乡。婉约而深挚。益又有《从军北征》云："天山雪后海风寒，横笛偏吹行路难。碛里征人三十万，一时回首月中看。"较此便觉少逊。

又《汴河曲》

汴水东流无限春，隋家宫阙已成尘。行人莫上长堤望，风起杨花愁杀人。自然而有天趣。

顾况《宫词》

玉楼天半起笙歌，风送宫嫔笑语和。月殿影开闻夜漏，水精帘卷近秋河。词句清华，音调亦响。

又《听歌》

子夜新声何处传，悲翁更忆太平年。即今清曲无人唱，已逐霓裳飞上天。绝诗有故作此等不可解之语者，最妙。

李陟(涉)《京口送朱昼之淮南》

两行客泪愁中落，万树山花雨后残。君到扬州见桃叶，为传风水渡江难。婉约而有丰神。

武元衡《春兴》

杨柳阴阴细雨晴，残花落尽见流莺。春风一夜吹乡梦，梦逐春风到洛城。丰神绝妙，此等最难学步。然学绝诗不到此境，总不为妙也。

刘禹锡《石头城》

山围故国周遭在，潮打空城寂寞回。淮水东边旧时月，夜深还过女墙来。深婉有味。

白居易《杨柳枝》

红板江桥青酒旗，馆娃宫暖日斜时。可怜雨歇东风定，万树千条如自垂。绝诗有以浅而见其妙者，此等是也。居易又有《同李十一醉忆元九》一绝云："花时同醉破春愁，醉折花枝当酒筹。忽忆故人天际去，计程今日到梁州。"亦自然而少嫌其率。

王涯《秋夜曲》

桂魄初生夜露微，轻罗已薄未更衣。银筝夜久殷勤弄，心怯空房不忍归。深挚。

张仲素《秋闺思》

碧窗斜日蔼深晖，愁听寒螀泪湿衣。梦里分明见关塞，不知何路向金征。著笔轻而弥见真挚。

张籍《哭孟寂》

曲江院里题名处，十九人中最少年。今日春光君不见，杏花零落寺门前。淡而弥悲。

贾岛《宿村家亭子》

床头枕是溪中石，井底泉通竹下池。宿客未眠过夜半，独闻山雨到来时。不言情而情在其中，亦妙于著笔之淡也。

张祜《华清宫》

天阙沉沉夜未央，碧云仙曲舞霓裳。一声玉笛向空尽，月满骊山宫漏长。下二句音调响。

又《集灵台》

虢国夫人承主恩，平明骑马入宫门。却嫌脂粉污颜色，淡扫蛾眉朝至尊。婉而多讽，咏史事须如此。

唐彦谦《垂柳》

绊惹春风别有情，世间谁敢斗轻盈。楚王江畔无端种，饿损纤腰学不成。似直率而实深婉。

又《曲江春望》

杏艳桃花夺晚霞，乐游无庙有年华。汉朝冠盖皆陵墓，十里宜春下苑花。以写景寓感慨，便觉意味深长。

又《仲山》

千载遗踪寄薜萝，沛中乡里汉山河。长陵亦是闲丘垅，异日谁知与仲多。深婉。绝诗著议论须如此。

刘商《题黄陂夫人祠》

苍山云雨逐明神，惟有香名岁岁春。东风三月黄陂水，只见桃花不见人。若有意，若无意，此境最妙。

李群玉《汉阳太白楼》

江上晴楼翠霭间，满帘春水满窗山。青枫绿草将愁去，远入吴云瞑（暝）不还。妙句。

又《黄陵庙》

黄陵庙前草莎春，黄陵女儿茜裙新。轻舟小楫唱歌去，水远山长愁杀人。有天趣而不鄙俚，类歌谣。须如此方佳。

陈羽《将归旧山留别》

相共游梁今独还，异乡摇落忆青山。信陵死后无公子，徒向夷门学抱关。直而不伤于率。

杜牧《思旧游》

李白题诗水西寺，古木回岩楼阁风。半醒半醉游三日，红白花开山雨中。质而不俚。

又《赤壁》

折戟沉沙铁未消，自将磨洗认前朝。东风不与周郎便，铜雀春深锁二乔。似有议论似无议论，咏史如此最有深味。

雍陶《和孙明府怀旧山》

五柳先生本在山，偶然为客落人间。秋来见月多归思，自起开笼放白鹇。深挚。

又《城西访友人别墅》

澧水桥西小径斜，日高犹未到君家。村园门巷多相似，处处春风枳壳花。善写眼前景物。

温庭筠《瑶瑟怨》

冰簟银床梦不成，碧天如水夜云轻。雁声远过潇湘去，十二楼中月自明。清隽。

许浑《谢亭送别》

劳歌一曲解行舟，红叶青山水急流。日暮酒醒人已远，满天风雨下西楼。丰神。

又《学仙》

心期仙诀意无穷，彩画云车起寿宫。闻有三山未知处，茂陵松柏满西风。议论感慨，兼而有之，仍极婉约。

又《江楼感旧》

独上江楼思渺然，月光如水水如天。同来望月人何处，风景依稀似去年。轻倩。

郑畋《马嵬坡》

玄宗回马杨妃死，云雨难忘日月新。终是圣明天子事，景阳宫井又何人。深婉。

竹枝本亦乐府之名,但后人所谓竹枝词,多以之咏乡土风俗,与绝句又稍异。今录刘禹锡竹枝词四首如下:

> 山桃红花满上头,蜀江春水拍山流。花红易衰似郎意,水流无限似侬愁。

> 日出三竿春雾消,江头蜀客驻兰桡。凭寄狂夫书一纸,住在成都万里桥。

> 城西门前滟滪堆,年年波浪不能摧。懊恼人心不如石,少时东去复西来。

> 杨柳青青江水平,闻郎江上踏歌声。东边日出西边雨,道是无晴还有晴。

要之,竹枝词贵有风趣,又贵质而不俚。若惟能数典,便觉意味索然,流于鄙俗,更不可也。

晚唐大家当推李义山。论者或病其隐僻,或赏其词华,皆非也。义山气韵深雄,不徒以藻采见长。其诗风喻深曲,词旨自有不得不隐者,亦非故为艰深也。七古韩碑一首,笔力最为横绝。

李商隐《韩碑》

元和天子神武姿,彼何人哉轩与羲。誓将上雪列圣耻,坐法宫中朝四夷。淮西有贼五十载,封狼生貙貙生罴。不据山河据平地,长戈利矛日可麾。帝得圣相相曰度,贼斫不死神扶持。腰悬相印作都统,阴风惨淡天王旗。愬武古通作牙爪,仪曹外郎载笔随。行军司马智且勇,十四万众犹虎貔。入蔡缚贼献太庙,功无与让恩不訾。帝曰汝度功第一,汝从事愈宜为词。愈拜稽首蹈且舞,金石刻画臣能为。古者世称大手笔,此事不系于职司。当仁自古有不让,言讫屡颔天子颐。公退斋戒坐小阁,濡染大笔何淋漓。点窜尧典舜典字,涂改清庙生民诗。文成破体书在纸,清晨再拜铺丹墀。表曰臣愈昧死上,咏神圣功书之碑。碑高三丈字如手,负以灵鳌蟠以螭。句奇语重喻者少,谗之天子言其私。长绳百尺拽碑倒,粗砂大石相磨治。公之斯文若元气,先时已入人肝脾。汤盘孔鼎有述作,今无其器存其词。鸣呼圣皇及圣相,相与烜赫流淳熙。公之斯文不示后,曷与三五相攀追。愿书万本诵万过,口角流沫右手胝。传之七十有二代,以为封禅玉检明堂基。

此诗真笔力不减韩公也。

李商隐《落花》

高阁客竟去,小园花乱飞。参差连曲陌,迢递送斜晖。肠断未忍扫,眼穿仍欲稀。芳心向春尽,所得是沾衣。

又《马嵬》

海外徒闻更九州,他生未卜此生休。空闻虎旅鸣宵柝,无复鸡人报晓筹。此日六军同驻马,当时七夕笑牵牛。如何四纪为天子,不及卢家有莫愁。

又《无题》

来是空言去绝踪,月斜楼上五更钟。梦为远别啼难唤,书被催成墨未浓。蜡照半笼金翡翠,麝熏微度绣芙蓉。刘郎已恨蓬山远,更隔蓬山一万重。

昨夜星辰昨夜风,画楼西畔桂堂东。身无彩凤双飞翼,心有灵犀一点通。隔座送钩春酒暖,分曹射覆蜡灯红。嗟余听鼓应官去,走马兰台类断蓬。

“此日六军”二句,属对可谓极巧,然不病其纤者,其气韵自在也。

宋诗当以江西派为代表。盖初唐浑融,盛唐博大,中晚则加之以清俊刻画。诗之变至是已穷。至宋人不得不别开新境,而欲别开新境,则不得不咏前人未有之意,咏前人未有之事,用前人未有之词也。故意境词句皆与唐异。是为宋诗之特色。而此境实至江西派而后大成也。

宋初西昆体盛行,杨亿、刘筠为之代表。亿等十七人唱和之作,名《西昆酬唱集》。其诗专学李商隐,得其词华而无其精深之思。学之者或至专以掇扯为能,此实承唐代之风气而未变者也。至欧、梅出而诗格一变。

杨亿《汉武》

蓬莱银阙浪漫漫,弱水回风欲到难。光照竹宫劳夜拜,露溥金掌费朝餐。力通青海求龙种,死讳文成食马肝。待诏先生齿编贝,那教索米向长安。

梅尧臣《河南张应之东斋》

昔我居此时,凿池通竹圃。池清少游鱼,林浅无栖羽。至今寒窗风,静送枯荷雨。雨歇吏人稀,知君独吟苦。

欧阳修《葛氏鼎歌》

大河昔决东南流,萧条东郡今遗湫。我从故老问其由,云古五鼎藏高丘。地灵川秀草木稠,郁郁佳气蒸常浮。惟物伏见数有周,秘藏奇怪神所搜。天昏地惨鬼哭幽,至宝欲出风云秋。荡摇山川失维陬,九龙大战驱蛟虬。割然岸裂轰云雳,滑人夜惊乌嘲啁。妇走抱儿扶白头,苍生仰叫黄屋忧。聚徒百万如蚍蜉,千金一扫随浮沤。天旋海沸动九州,此鼎始出人间留。滑人得之不敢收,奇模古质非今侔。器大难用识者不,以示世俗遭揶揄(揄)。明堂会朝飨诸侯,饔官百品供王羞。调以五味烹全牛,时有用舍吾无求。二三子学雕琳球,见之始惊中叹愀。

披荒矿古争穷搜,苦语难出声咿嚘。马图出河龟负畴,自古怪说何悠悠。嗟我老矣不能休,勉强作诗惭效尤。

又《盘车图》

浅山嶙嶙,乱石矗矗,山石硗聱车碌碌,山势盘斜随涧谷。侧辙倾辕如欲覆,出乎两崖之隘口,忽见百里之平陆。坡长坂峻牛力疲,天寒日暮人心速。杨生忍饥官大学,得钱买此才盈幅。爱其树老石硬,山回路转。高下曲直,横斜隐见。妍媸向背各有态,远近分毫皆可辨。自言昔有数家笔,画古传多名姓失。后来见者知谓谁,乞诗梅老聊称述。古画画意不画形,梅诗咏物无隐情。忘形得意知者寡,不若见诗如见画。乃知杨生真好奇,此画此诗兼有之。乐能自足乃为富,岂必金玉名高赀。朝看画,暮读诗,杨生得此可不饥。

欧公此二诗,前一首学昌黎,后一首学太白也。

同时王荆公诗笔力雄健,意象超远,又在庐陵之上。

王荆公《明妃曲》

明妃初出汉宫时,泪湿春风鬓脚垂。低徊顾影无颜色,尚得君王不自持。归来却怪丹青手,入眼平生几曾有。意态由来画不成,当时枉杀毛延寿。一去心知更不归,可怜着尽汉宫衣。寄声欲问塞南事,只有年年鸿雁飞。家人万里传消息,好在毡城莫相忆。君不见咫尺长门闭阿娇,人生失意无南北。

又《钟山即事》

涧水无声绕竹流,竹西花草弄春柔。茅檐相对坐终日,一鸟不鸣山更幽。

荆公诗早岁极刻挚瘦硬,晚乃更得自然之趣。如"一鸟不鸣山更幽",真神来之笔也。

宋诗苏黄并称,苏诗才力大,而黄诗意境新。论其佳处,诚未易轩轾。语其病,则苏诗失之粗率而乏简炼,黄诗失之拗涩而无天趣,亦各有所短也。然宋诗至苏黄,则意境词句,皆与唐人大异。唐人未用入诗之意及入诗之词,至此乃尽量使用。后来江西诗派奉黄为祖,几至掩袭有宋一代。盖宋诗之异于唐,至苏、黄而始大成,而后来皆沿其流者也,亦可谓豪杰之士矣。

苏轼《书王定国所藏烟江叠嶂图》

江上愁心千叠山,浮空积翠如云烟。山耶云耶远莫知,烟空云散山依然。但见两崖苍苍暗绝谷,中有百道飞来泉。萦林络石隐复见,下赴谷口为奔川。川平山开林麓断,小桥野店依山前。行人稍度乔木外,渔舟一叶江吞天。使君何从得此本,点缀毫末分清妍。不知人间何处有此境?径欲往置二顷田。君不见武昌樊口幽绝处,东坡先生留五年。春风摇江天漠漠,暮云卷雨山娟娟。丹枫翻鸦伴水宿,长松落雪惊醉眠。桃花流水在人世,武陵岂必皆神仙。江上清空我尘土,虽有去路寻无缘。还君此画三叹息,山中故人应有招我归来篇。

又《八月七日初入赣过惶恐滩》

七千里外二毛人,十八滩头一叶身。山忆喜欢劳远梦,地名惶恐泣孤臣。长风送客添帆腹,积雨扶舟减石鳞。便合与官充水手,此生何止略知津。

黄庭坚《登快阁》

痴儿了却公家事,快阁东西倚晚晴。落木千山天远大,澄江一道月分明。朱弦已为佳人绝,青眼聊因美酒横。万里归船弄长笛,此心吾与白鸥盟。

所谓江西诗派者,其说出于吕居仁。居仁作《江西诗派图》,凡廿

五人,以山谷为之祖,而己为之殿。此二十五人者,初不尽江西人,盖
所谓江西诗派,以其宗派出于江西言之,非以作者之籍贯言也。二十
五人中,惟陈无己最为著名。居仁有《东莱诗集》,其传布不广,而诗
自不恶。其余则诗之传者颇希矣。

陈师道《九日寄秦观》

疾风回雨水明霞,沙步丛祠欲暮鸦。九日清樽欺白发,十年为
客负黄花。登高怀远心如在,向老逢辰意有加。淮海少年天下
士,独能无地落乌纱。

南渡以后,尤、袤。杨、万里。范、成大。陆游并称四大家。尤诗
久逸,范、杨各有胜处,而要皆非陆之伦。放翁古诗诚亦豪健,然置
之古今名大家中,则亦未为特出。惟其七律,意境之新,迈于苏、黄,
而无其粗率晦涩之病。老杜而外,一人而已。诚不愧大家之目也。

范成大《将至石湖道中书事》

水绿鸥边涨,天青雁外晴。柳堤随草远,麦垄带桑平。白
道吴新郭,苍烟越故城。稍闻鸡犬闹,僮仆想来迎。

陆游《游山西村》

莫笑农家腊酒浑,丰年留客足鸡豚。山重水复疑无路,柳暗花
明又一村。箫鼓追随春社近,衣冠简朴古风存。从今若许闲乘月,
拄杖无时夜叩门。

又《书愤》

早岁那知世事艰,中原北望气如山。楼船夜雪瓜洲渡,铁马秋
风大散关。塞上长城空自许,镜中衰鬓已先斑。出师一表真名世,
千载谁堪伯仲间。

又《枕上作》

萧萧白发卧扁舟,死尽中朝旧辈流。万里关河孤枕梦,五更风

雨四山秋。郑虔自笑穷耽酒,李广何妨老不侯。犹有少年风味在,吴笺著句写清秋。

又《新夏感事》

百花过尽绿阴成,漠漠炉香睡晚晴。病起兼旬疏把酒,山深四月始闻莺。近传下诏通言路,已卜余年见太平。圣主不忘初政美,小儒唯有涕纵横。

金元一代诗文皆以元遗山为大家。遗山诗思路峻刻,而豪气纵横,实亦苏、黄一派。故曾国藩选《十八家诗钞》,于宋以后之作,独有取焉。特其自负,则尚未肯以苏、黄为比,故其论诗,有"只知诗到苏黄尽"之句耳。

元好问《壬辰十二月车驾东狩后即事》

翠被葱葱见执鞭,戴盆郁郁梦瞻天。只知河朔归铜马,又说台城堕纸鸢。血肉正应皇极数,衣冠不及广明年。何时真得携家去,万里秋风一钓船。

元代之诗,虞、集。杨、载。范、椁。揭傒斯。并称四大家。而道园笔力最健,曼硕诗笔清丽,尤足代表元人,后来能为之继者,则萨天锡之《雁门集》也。

虞集《题渔村图》

黄叶江南何处村,渔翁三两坐槐根。隔溪相就一烟棹,老妪具炊双瓦盆。霜前渔官未竭泽,蟹中抱黄鲤肪白。已烹甘瓠当晨餐,更撷寒蔬共崔席。垂竿何人无意来,晚风落叶何苍茫。了无得失动微念,况有兴亡生微哀。忆昔采芝有园绮,犹被留侯迫之起。莫将名姓落人间,随此横图卷秋水。

揭傒斯《寄题冯掾东皋园亭》

时雨散繁绿,绪风满平原。兴言慕君子,退食在丘园。出应当世务,入咏幽人言。池流澹无声,畦蔬蔚葱芊。高林丽阳景,群山若浮烟。好鸟应候鸣,新音和且闲。时与文士俱,逍遥农圃春。理达自知简,情忘可避喧。庶云保贞和,岁暮委周旋。

萨都剌《宿城山绝顶》

江白潮已来,山黑月未出。树杪一灯明,云间人独宿。近水星动摇,河汉下垂屋。四月夜寒深,繁露在修竹。

明初诗人共推高季迪第一,而袁海叟格高调古,与季迪各有擅场,足称双绝。

高启《晚次西陵馆》

匹马倦嘶风,萧萧逐转蓬。地经兵乱后,岁尽客愁中。晚渡回潮急,寒山旧驿空。可怜今夜月,相照宿江东。

袁凯《客中除夕》

今夕为何夕,他乡说故乡。看人儿女大,为客岁年长。戎马无休歇,关山正渺茫。一杯柏叶酒,未敢泪千行。

凡事盛极则衰。宋诗至南渡之末,笔法意境亦几于极尽矣。于是有四灵一派,矫之以晚唐之轻浅。元代之诗,亦婉转清丽者居多,所以矫宋人粗硬之习也。大抵宋诗以意境胜,而韵味却差。然此派太乏魄力,承其敝而返诸盛唐以上,亦当时必有之变化也。应此趋向而兴者,厥为前后七子。前七子谓李梦阳、何景明、边贡、徐祯卿、康海、王九思、王廷相也。其中李、何二人最为著名。

李梦阳《土兵行》

豫章城楼饥啄乌,黄狐跳踉追赤狐。北风北来江怒涌,土兵攫人人叫呼。城外之民徙城内,尘埃不见章江途。花裙蛮奴逐妇女,白夺钗镮换酒沽。父老向前语蛮奴:"慎勿横行王法诛。华林姚源诸贼徒,金帛子女山不如。汝能破之惟汝欲,犒

赏有酒牛羊猪，大者升官佩绶趋。"蛮奴怒言："万里入尔都，尔
生我生屠我屠。"劲弓毒矢莫敢何，意气似欲无彭湖。彭湖翩翩
飘白旗，轻舸蔽水陆走车。黄云卷地春草死，烈火谁分瓦与珠。
寒崖日月岂尽照，大邦鬼魅难久居。天下有道四夷守，此辈可
使亦可虞。何况土官妻妾俱，美酒大肉吹笙竽。

何景明《种麻篇》

种麻冀满丘，种葵冀满园。孤生易憔悴，独立多忧患。当
行思故旅，当食思故欢。先机失所豫，临事徒嗟叹。升萧艾乃
至，锄桂致伤兰。物理有相附，畴能识其端。断金俟同志，抱玉
难自宣。交结良匪易，君当图未然。

后七子谓李攀龙、王世贞、谢榛、宗臣、梁有誉、徐中行、吴国纶
（伦）也。

李攀龙《广阳山道中》

山峡还何地，松杉郁不开。雷声千嶂落，雨色万峰来。地
胜纤王事，年饥损吏才。难将忧国意，涕泣向蒿莱。

谢榛《李行人元树宅同谢张二内翰话洞庭湖》

南望岳阳郡，苍茫吴楚分。帆回孤岛树，楼出九江云。落
日波中没，秋风天外闻。何时采苹藻，湖上吊湘君。

前后七子之诗，摹拟过甚，徒具形式，颇为后人所讥。其后有公
安、竟陵两派。公安者，袁宏道兄弟。公安人诗学白乐天，流于鄙
俗；竟陵者，钟惺、谭元春，皆竟陵人，其诗宗尚深峭一路，而流于
纤仄。

谭元春《山月》

清光不厌多，高人不厌闲。心目周境外，置身于其间。上
山月在野，下山月在山。衰林无一留，叶与月俱落。光已散广

除，寒仍枝上着。竹影沉山影，欲令霜华薄。

大抵王李一派，病在肤廓，钟谭一派，流为僻涩。其宗尚宋元者，则或失之率，或失之浅，故清代王士禛起而矫之以神韵。其论诗最贵"不著一字，尽得风流"。然作绝句短章最佳，长篇大题，则笔力不胜。故赵执信、袁枚等均反对之。执信诗力颇峻，亦或失之好走仄路。袁枚者，与赵翼、蒋士铨齐名，所谓江左三大家者也。袁枚主性灵，而失之浅率鄙俗；赵诗极丰赡，而失之肤屑；蒋稍胜而亦病粗犷。其时又有沈德潜，讲格律，趋向颇正，而天才不足。故袁氏论诗，亦反对之。道光以后，宗尚宋诗，竞求新刻，其风气迄今未变。惟张之洞独反对之。近人南海康氏，诗法杜陵，而得其雄浑，七言古诗尤胜，亦豪杰之士也。

宋 代 文 学

一、概　说

中国文学，大致可分为四期：第一期断自西周以前，第二期自东周至西汉，第三期自东汉至南北朝，第四期自隋唐至清。第五期则属诸自今以后矣。请得而略言之。

各国文学之发达，韵文皆先于散文。吾国亦然。最古之书，传于今者，大抵整齐而有韵。如《老子》是也。《老子》虽东周之世写出，然其文必传之自古者也。《老子》书中，无男女字，只有牝牡字，即可征其文之古。其无韵者，亦简质少助字。如《尚书》是也。此盖古人言语、思想，均不甚发达，故其书词意多浑涵。又其时简牍用少，学问多由口耳相传，故多编为简短协韵之句，以便诵习也。文以语言为本，诗以歌谣为本，韵文与诗，相似而实不同。此时代之诗，传于今，最完备者为三百篇。三百篇之句，昔人云自一言至九言。见《诗疏》。实以四言为多。间有三言者。四言而加一助字，实亦三言也。前乎三百篇之诗，可信者，其体制皆与三百篇相类。如伊耆氏《蜡辞》是也。见《礼记·郊特牲》。其有类乎后世之诗体者，则其意虽传之自古，而其辞必后人所为矣。如《南风歌》是也。古书记人言语，多仅传其意，而其辞则为著书者所自为。即歌谣亦然。《史记·田敬仲世家》谓田常以大斗出贷，小斗收之。齐人歌之曰："妪乎采芑，归乎田成子。"刘知幾讥其不实，而不知古人自有此例也。刘说见《史通·暗惑篇》。此为第一期。

　　整齐简质之文,节短而韵长,词少而意多,非不美也。然思想发达,则苦其不足尽意。夫思想发达,则言语随之。言语发达,则文字从之。于是流畅之散文兴焉。散文之兴,盖在东周之世,至西汉而极。西周以前文字,传于今者甚少。较可信其出于西周人者,如《周诰》,其辞即多中屈,与《殷盘》相类。其明白易晓者,如《金縢》,则恐其辞已出后人矣。然究尚与东周之世文字不同。要之今人读之,觉其明白如《论》《孟》,畅达如《战国策》者,西周以前,殆无有也。**此时代之诗,四言渐变为五言。又有三七言者。**如《荀子》之《成相篇》是。**汉世乐府之调,盖权舆于此。此为第二期。**

　　第二期之文字,与口语极相近。今日读之,只觉其古茂可爱。然在当时,则颇嫌其冗蔓。此时代之文字,有极冗蔓者。如《史记·周本纪》:"是时诸侯不期而会孟津者八百诸侯。"诸侯二字,竟不删去其一,句法可谓冗赘已极。又如《墨子·非攻上篇》:"今有一人,入人园圃,窃其桃李,众闻则非之;上为政者,得则罚之,此何也?以亏人自利也。至攘人犬豕鸡豚者,其不义,又甚入人园圃窃桃李。是何故也?以亏人愈多,其不仁兹甚,罪益厚。至入人栏厩,取人马牛者,其不义,又甚攘人犬豕鸡豚。此何故也?以其亏人愈多。苟亏人愈多,其不仁兹甚,罪益厚。至杀不辜人也,扡其衣裘,取戈剑者,其不义又甚入人栏厩,取人马牛。此何故也?以其亏人愈多。苟亏人愈多,其不仁兹甚矣,罪益厚。"则句法语调,两极冗蔓矣。古人此等文字甚多,自后人为之,皆数语可了耳。古人之所以如此,皆由其与口语相近故也。**于是渐加以修饰。修饰之道有二:(一)于词类,择其足以引起美感者用之;(二)于句法求其齐整。**用典兼涵此两义。(一)用典则辞句少而所含之意多,耐人寻味。故典者,不啻词之至美者也。(二)用一故事,直加叙述,如叙事然,即无所谓用典。所谓用典者,皆不叙其事,而以一二语隳括之者也。此之谓剪裁。用事必加以剪裁,即所以求其文之齐整也。〇近人《涵芬楼文谈·征故》云:"凡说理之文,恐不足征信于人,必取古事以实之。汉魏六朝,以孙炼为贵。往往一节之中,连引十余事。或一句为一事,或二三句为一事,皆以类相从，层见叠出。盖其时偶俪之体盛行，故操觚家亦喜讲剪熔对仗之法。至唐昌黎公出，而文体一变。征故之法，间有全录旧文，不以襞绩从事。东坡穷其才力所至，引用史传，必详录本末。有一事而至数十字者。"案韩、苏文体所以变古，以古代书少，所引事人人知之；后世书多，则不能然也。此亦古文不得不代骈文而起之一端。其风始于西汉之末造，而盛于东京。魏、晋以降，扇而弥甚。遂至专尚藻饰，务为排偶，与口语相去日远焉。此时代之诗，则五言大昌，而乐府亦盛。诗文皆渐调平仄，遂开唐宋律体之端。不独诗赋有古律之别，文亦有之。唐宋骈文，调平仄惟谨者，皆律体也。此为第三期。

　　文字与口语日远，寖至不能达意，必有所以拯其弊者，于是古文兴焉。其人自谓复古，谓之古文。实则对骈文而言，当云散文。其对韵文而称之散文，则当称无韵文，方免混淆。古文非一蹴而几也。其初与藻绘之文并行者有笔。笔虽不避俚俗，然辞句整齐，声调啴缓，实仍不脱当时修饰之风。口语句之长短不定。当时所谓笔者，特迫于无可如何，参用俗语；且不加藻绘耳。然其句调仍极整齐，实与口语不合。且文贵典雅，久已相沿成习，以通俗之笔，施之高文典册，必为时人所不慊。然以藻绘之文为之，亦有嫌其体制之不称者。于是有欲模仿古人者焉。遗其神而取其貌，如苏绰之拟《大诰》是。夫所恶于藻绘之文者，不徒以其有失质朴之风，亦以其不能达意也。今貌效古人，其于轻佻浮薄之弊则去矣，而其不能达意，则实与藻绘之文同。抑藻绘之文，不能施之高文典册者，以其体制之不相称也。今貌效古人，则为优孟之衣冠，无其情而袭其形，其可笑乃弥甚，体制不称，与无其情而袭其形，同为一种不美。逮韩、柳出，用古人之文法，第二期散文之法。以达今人之意思。今人之言语，有可易以古语者，则译之以求其雅。其不能易者，则即不改以存其真。如是，则俚俗与藻绘之病皆除。文之适用于此时者，莫此体若矣，此古文之兴，所以为中国文学界一大事也。古文运动,始于南北朝之末,历隋及唐,而告成于韩、柳,然其风犹未盛。能为此种文字者,寥寥可数。普通文字,仍皆沿前此骈俪之旧者也。至宋世而古文之学乃大昌。欧、曾、苏、王,各极所至。普通应用文字,亦多用散文。而散文始与骈文,成中分之势矣。其时仅诏、诰、章、表等,仍沿用骈文。以拘于体制,故难变也。〇诏诰自元以后,可谓改用白话。元代诏令多用语体。《元史·泰定帝纪》中尚存一篇。明、清两代诏、令,虽貌用文言,实则以口语为主,而以文言变其貌耳。然文学之进步,实由简而趋繁。新者既兴,旧者不必遂废。故散文虽盛行,骈文仍保其相当之位置;而唐宋人所为之骈文,较之南北朝以前,且各有其特色焉。宋骈文之特色,尤为显著。以其与南北朝以前之骈文,相异弥甚也。此亦唐、宋文字,同走一方向,至宋而大成之一端。又文字嫌其藻绘而不能达意,虽图改革,厥有两途:(一)以古代散文为法,(二)以口语为准是也。前者雅而究不能尽达时人之意,后者则宣之于口者,即可笔之于书,可谓意无不达,而或不免失之鄙俗。此亦为一失,文自有当求雅处,故文言白话,实各有其用。专主白话,而诋文言为死文字者,亦一偏之论也。二者实各有短长,而亦各有其用。凡物之真有用者,有之必不能废,无之必不容不兴。故古文起于隋唐之世,而专主口语之白话文,亦萌芽于是时。如儒释二家之语录及平话是也。故唐、宋之世,实古文白话,同时并进,二者皆为散文。而骈文仍得保其相当之位置者也。至于诗,则在唐代为极盛。旧诗之体制,至此可谓皆备。宋人于诗之体制,未能出于唐人之外,而其意境、字面,意境者实质,字面者形式也。则与唐人判然不同。后人之诗,非宗唐,即学宋,至今未能出此两派之外焉。故诗之为学,亦唐人具之,宋人继之,而后大成者也。又中国之诗,当分广狭两义:以狭义论,则惟向所谓诗者,乃得谓之诗。以广义论,则词与曲亦皆诗也。词起于唐而盛于宋,曲起于宋而盛于元。元有天下仅八十年,以文化论,一切皆承宋之余绪,不徒只可谓之闰位,实乃只可谓之附庸。故广义之诗,亦可谓唐人创之,宋人成之也。清代,宋人所谓道学者,流弊渐著。清儒乃创朴学以救之。以学问论,颇足补宋人之所阙。然清儒以好古故,于文学亦欲祧唐、宋而法周、秦、汉、魏,则实未能有所成就也。故文学史上,截至今日,讲新文学以前,实犹未能离乎唐、宋之一时期也。此为第四期。

本书主论宋代文学。先立此章,以见宋代文学在文学史上之位置。以下乃分五章详说之。

二、宋代之古文

宋代为古文者，始自柳开。大名人，开宝六年进士，历典州郡。咸平中，卒于京师。开少遇天水老儒赵生，授以韩文，好之。自名曰肩愈，字绍元，意欲续韩、柳之绪也。见张景所撰《行状》。既乃改名开，字仲涂，自谓能开圣道之涂云。见晁公武《郡斋读书志》。开弟子曰张景，字晦之，公安人，官至廷评。为开撰《行状》。谓开"生于晋末，长于宋初"。又开序韩文云："予(予)读先生之文，年十有七。"则其为古文，实早于穆伯长数十年。穆生于太平兴国四年。欧阳修《论尹师鲁墓志》，书谓穆氏学古文，在师鲁前，朱子《名臣言行录》则谓师鲁学古文于穆氏。则柳开而外，宋代治古文者，当以穆氏为最早。故洪迈《容斋随笔》以欧阳修数宋代之为古文者不及开；且云天下未有道韩文者为异。见下。案晁公武《郡斋读书志》，谓"欧公尝推本朝古文，自仲涂始"。则欧公固有推崇柳氏之论矣。特洪氏偶未见耳。范仲淹《尹师鲁集序》云："五代文体薄弱。皇朝柳仲涂，起而麾之，泊杨大年，专事藻饰，谓古道不适于用，废而弗学。久之，师鲁与穆伯长力为古文。欧阳永叔从而振之。由是天下之文，一变而古。"亦溯其原于开。开所为文，张景辑之为十五卷，曰《河东先生集》，陈振孙《书录解题》谓"其体艰涩"。今读之诚然。今录一篇如下，以见宋代古文初兴之时，明而未融之象焉。

柳开《穆夫人墓志铭》

汉开运元年,开叔父讳承赞卒。叔母穆,年二十有七。嫠居四十五年。岁己丑五月,殁于家。后七年,葬叔父墓中。唐季,我先人茔馆陶县北三十里。周广顺中,始葬叔父大名府西南二十里,村曰冯杜。开近岁连上书,天子哀之,赐钱三十万,使葬先臣之属。得华州进士王焕襄其事。焕,义者也,恭恪弗懈,成开之心。柳官姓,为地法利坤艮。自叔父墓东下十七步,我皇考之墓。又东下,仲父讳承煦之墓。各以子位从之。又东下,叔父讳承陟之墓。叔陟无嗣,以季父讳承远之墓同域焉。故昭义军节度推官闵,叔母长子也。闵叔父卒,始生次子也。赵氏故妇女也。次,病废老于室。案此数语文有夺误。开为儿时,见我烈考治家孝且严。视叔母二子,常先开与闵。我母万年君爱犹己,勤勤储储,常惧有阙。乃叔母至老,我二兄至成人,不类诸孤儿寡妇。月旦望,诸叔母拜堂下毕,即曰:"上手抵面,听奉我皇考诫。"告之曰:"人之家,兄弟无不义尽。因娶妇入门,异姓相聚,争长竞短,渐渍日闻。偏爱私藏,以至背戾。分门割户,患若贼仇。皆汝妇人所作。男子有刚肠者几人?能不为妇人言所役?吾见多矣。若等宁是乎?"退即惴惴闭息,恐然如有大诛责。至死,不敢道一语为不孝事。抵开辈,赖之得全其家也如此。呜呼!君子正己,直其言,居上其善也,家国治焉;小人枉己,私为言,居上不善也,家国乱焉。旨哉君子也!
铭曰:

昔我叔之去世兮,垂严诫之深辞。旨穆母而告云兮,惟夫妇之有仪。伊生死之孰免兮,于贞节而弗亏。代厚养以多属兮,家复贵而偶时。宁不完于安佚兮,胡适彼而士斯。介如石之克鲜兮,众犹草之离离。母血涕以奉教兮,哀心以自持。毕考命之茕孤兮，终天地而弗移。噫戏过此兮，母曷为知！

柳开以后，尹洙以前，能为古文者，又有王禹偁、字元之，巨野人。太平兴国八年进士。尝知制诰。入翰林为学士。以直道自任，累见贬斥。最后知黄州，徙蕲州卒。孙何、字汉公，蔡州人。淳化进士，累官右司谏，历两浙转运，入知制诰。丁谓。字谓之，后更字公言，苏州人，淳化进士，累迁知制诰，天禧时为相，封晋国公。仁宗立，贬崖州司户参军。更赦，徙道州。明道末，以秘书监召还。卒于光州。叶水心称禹偁文古雅简淡，真宗以前，未有及者。今读之，实多未脱俗调。观世所传诵《待漏院记》《竹楼记》可见。林竹溪名希逸，字肃翁，福清人，端平进士，官至考功员外郎。谓其"意已务实，而未得典则之正"是也。见《文献通考》。何"幼笃学嗜古，为文宗经"。谓亦能为古文。尝袖文同谒禹偁。禹偁惊重之，谓韩柳后三百年乃有此作。时"并称为孙、丁"云。晁公武《读书志》。案谓名亦列《西昆酬唱集》中。三人者，盖异于时，而又未能径即于古。故宋代数为古文者，或及之，或不及之也。

宋代诗文，皆至庆历之际而大变。主持一时之风会者，实为欧阳公。欧阳修，字永叔，自号醉翁，又号六一居士。庐陵人，中进士甲科，累官知制诰，出知滁州。后召还，为翰林学士，嘉祐时，拜参政。熙宁初致仕，谥文忠。而为欧公古文之先导者，则穆修、字伯长，郓州人，大中祥符进士。授泰州司理参军。以忼直被诬，贬池州，徙颖、蔡二州文学掾，以卒。宋人皆称为穆参军，从其初官也。尹洙、字师鲁，河南人，天圣进士。官至起居舍人。苏舜元、舜钦兄弟也。舜元，字才翁，梓州人，官至度支判官。舜钦，字子美，景祐进士，累迁集贤校理。坐事除名，流寓苏州。作沧浪亭，自号沧浪翁。后为湖州长史卒。欧公作《子美文集序》，谓："子美之齿少于予，而予学古文，反在其后。天圣之间，予举进士于有司。见时学者，务以言语声偶摘裂，号为时文，以相夸尚。而子美独与其兄才翁及穆参军伯长作为古歌诗杂文。时人颇共非笑之，而子美不顾也。其后天子患时文之弊，下诏书讽勉学者以近古。由是其风渐息，而学者稍趋于古焉。独子美为于举世不为之时，其始终自守，不牵世俗，可谓特立之士也。"又其《书韩文后》曰："予少家汉东。有大姓李氏者，其子尧辅，颇好学。予游其家，见其敝麓贮故书在壁间，发而视之，得唐《昌黎先生文集》六卷，脱落颠倒无次序，因乞以归读之。是时天下未有道韩文者。予亦方举进士，以礼部诗赋为事。后官于洛阳，而尹师鲁之徒皆在，遂相与作为古文。因出所藏《昌黎集》补缀之。其后天下学者，亦渐趋于古，韩文遂行于世。"苏舜钦《哀穆先生文》谓其"得柳子厚文，刻货之，售者甚少。逾年乃得百缗"。而穆氏《答乔适书》，亦谓"今世士子，习尚浅近。非章句声偶之辞，不置耳目。浮轨滥辙，相迹而奔，靡有异涂焉。其间独取以古文语者，则与语怪者同也。众又排诟之，罪毁之；不目以为迂，则指以为惑。谓之背时远名，阔于富贵。先进则莫有誉之者，同侪则莫有附之者，其人苟失自知之明，守之不以固，持之不以坚，则莫不惧而疑，悔而思，忽焉且复去此而即彼矣"。可见是时古文之衰；亦可见诸人为古文之先后，及宋代古文兴起之始末也。

　　所谓古文者，谓以古人文字之善者为法，非谓径作古语也。若径作古语，则意必不能尽达；即自谓能达，而他人读之，亦必苦其艰涩，与鄙俗者其失惟钧矣。然拔起于流俗之中，而效古人者，欲尽变其形貌甚难，此宋初为古文者，所以皆不免有艰涩之病。叶水心曰："柳开、穆修、张景、刘牧，当时号能古文。今《文鉴》所存《来贤亭记》《河南尉厅壁记》《法相院钟记》《静胜亭记》《待月亭记》诸篇可见。时以偶俪二巧为尚，而我以断散鄙拙为高，自齐、梁以来，言古文者，无不如此。韩愈之备尽时体，抑不自名，李翱、皇甫湜，往往不能知，而况孟郊、张籍乎？古人文字，固极天下之巧丽矣，彼怪迂钝朴，用功不深，才得其腐败粗涩而已。"案艰涩之病，不独柳、穆诸人，即尹、苏亦未尽免。邵伯温《闻见录》谓："钱惟演守西都，起双桂楼，建临园铎(驿),命师鲁、欧公为记。欧公文千字,师鲁五百字而已,欧公服其简古。"师鲁文简古,诚有胜欧公处,然其不如欧公处,亦正在此。且如苏氏《沧浪亭记》,善矣,能如欧公诸记之有兴会乎?○叶氏说见《文献通考》,《文鉴》谓吕祖谦所编《宋文鉴》也。《来贤亭记》柳开作,《河南尉厅壁记》张景作,《法相院钟记》《静胜亭记》皆穆修作,《待月亭记》刘牧作。**必至欧公,而后可称大成也。**陈振孙云:"本朝初为古文者,柳开、穆修,其后有二尹、二苏兄弟。欧公本以词赋擅名场屋。既得韩文,刻意为之。虽皆在诸公后,而独出其上,遂为一代文宗。"案师鲁之兄名源,字子渐。以太常博士知怀州,尹河南。欧公文极平易。苏明允《上欧公书》,谓:"执事之文,纡徐委备,往复百折,而条达疏畅,无所间断。气尽语极,急言极论,而容与闲易,无艰难劳苦之态。"可谓知言。今观欧公全集,其议论之文,如《朋党论》《为君难论》《本论》,考证之文,如《辨易系辞》,皆委婉曲折,意无不达,而尤长于言情。序跋如《苏文氏集序》《释秘演诗集序》,碑志如《泷冈阡表》《石曼卿墓表》《徂徕先生墓志铭》,杂记如《丰乐亭记》《岘山亭记》等,皆感慨系之,所谓六一风神也。欧公文亦有以雄奇为尚者,如《五代史》中诸表志序是。然仍不失其纡徐委备之态,人之才性,固各有所宜也。

欧公尝与宋祁同修《唐书》,又尝自撰《五代史》,史书文字之佳者,以此为断。自《宋史》而下,悉成官书,无足观矣。此系就文论文。史书当尚文学与否,别是一事。《五代史》出于独纂,尤为精力所粹。

宋祁与兄庠,同登天圣进士弟。庠,字公序。本名郊,字伯庠。谗者谓其姓符国号,名应郊天,仁宗命改焉。祁,字子京。安州安陆人,徙开封之雍邱。奏名时,祁本居第一。章献后以弟不可先兄,乃以郊为第一,祁第十。郊皇祐元年拜相,嘉祐中,复为枢密使,封莒国公,以司空致仕。卒,谥元宪。祁累迁知制诰,除翰林学士承旨。谥景文。庠以馆阁文字名。而祁通小学,能为古文。所修《唐书》,文字较旧书为雅,然亦流为涩体,颇为论者所讥。陈振孙云:"景文未第时,为学于永阳僧舍。或问君好读何书。答曰：余最好《大诰》。"又曰："景文笔记：余于为文似蓬瑷，年五十知四十九年非，余年六十，始知五十九年非。其庶几至于道乎？每见旧所作文章，憎之，必欲烧弃。"则其少年好尚奇险，晚亦自知其非矣。以迟暮不能改弦易辙耳，是以闻道贵早也。

与欧公并时而能为古文者，自当推曾、王及三苏。明茅坤始以欧、曾、苏、王之文，与韩、柳并称为八家。世人虽有訾之者，然此八家，在唐、宋诸家中，精光自不可掩。其造诣出于他家之上，亦事实也。宋代六家中，欧、曾二家，性质尤相近。故晁公武谓"欧公门下士，多为世显人。议者独以子固为得其传，犹学浮屠者所谓嫡嗣"云。清代桐城派之文，实以法此二家为最多。姚姬传《复鲁絜非书》曰："宋朝欧阳、曾公之文，其才皆偏于柔之美者也。欧公能取异己者之长而时济之，曾公能避所短而不犯。"然欧、曾之文，仍各有其特色。欧文妙处，在于风神。曾文则议论醇正，雍容大雅，实于刘向为近。晁公武云："其自负要似刘向，藐视韩愈以下。"案此曾公所自蕲，亦学者所共许也。今所传刘向校书之序，固多伪作，《战国策序》，论者多以为真，予尚未敢深信。然其文自极佳。而曾氏《战国策目录序》与之酷似。《列女传目录序》陈古刺今，语长心重；《先大夫集后序》委曲感慨，而气不迫晦，尤为杰作；《宜黄县学记》《筠州学记》两篇，文字尤质实厚重。要之南丰之文，可谓颇得《戴记》之妙也。曾巩，字子固，南丰人，嘉祐进士。历典诸州，拜中书舍人。卒，追谥文定。

三苏之文，虽大致相同，而亦各有特色。笔力坚劲，自以老泉为最。然老泉好纵横家言，恒以权谲自喜，而其言实不可用。如《明论》云："天下之事，譬如有物十焉。吾举其一，而人不知吾之不知其九也。历数之至于九，而不知其一，不如举一之不可测也，而况乎不至于九也？"此痴话也。天下岂有此等藏头露尾之策，而可欺人者耶？然老泉议论，大抵此类。故其议论，多有不中理者。东坡则见解较老泉为高。虽亦不脱纵横之习,然绝去作用处,时或近于道家,非如老泉一味以权术自矜也。要之老泉皆私知穿凿之谈,而东坡实能见事理之真。故其冰雪聪明处,实非老泉所及。尤妙在能以明显之笔达之。如《赠吴彦律》篇扣盘扪烛之喻。又如《倡勇敢》篇云:"有人人之勇怯,有三军之勇怯。人人而较之,则勇怯之相去,若莛与楹。至于三军之勇怯则一也。出于反复之间,而差于毫厘之际,故其权在将与君。人固有暴猛兽而不操兵,出入于白刃之中而色不变者;有见虺蝎而却走,闻钟鼓之声而战栗者;是勇怯之不齐,至于如此。然闾阎之小民,争斗戏笑,卒然之间,而或至于杀人。当其发也,其心翻然,其色勃然,若不可以已者,虽天下之勇夫,无以过之。及其退而思其身,顾其妻子,未始不恻然悔也。此非必勇者也,气之所乘,则夺其性而忘其故。故古之善用兵者,用其翻然勃然于未悔之间。而其不善者,沮其翻然勃然之心,而开其自悔之意,则是不战而先自败也。"其罕譬而喻,深入显出,几可谓独步古今矣。东坡文字,当分少年与晚年观之。少年文字,如《策略》《策断》等,气势极盛,然体格多有未成处。姚姬传评其《策略五》云:"此篇立论极善,而文不免于冗长,此东坡少年体有未成处。"〇案东坡文字,并有俗陋不大雅者,如世所习诵之《潮州韩文公庙碑》是。晚年文字,则心手相忘,独立千载。议论文字如《志林》,叙事文字如《徐州上皇帝书》是也。东坡自言少年文字极绚烂,晚乃归于平淡,可谓自知其功候。又谓:"吾文如万斛源泉,不择地而施。及其与山石曲折,则随物赋形,有不可知者。"又曰:"文字无定形,惟行乎其所不得不行,止乎其所不得不止。"可谓能自道其晚年之胜境矣。颖滨之文,气象不如其父之雄奇;才思横溢,亦非乃兄之敌。然议论在三家中最为平正,文亦较有夷犹淡荡之致,则亦非父兄所能比。然此在三家中云尔,较之他家,则仍有骏发蹈厉之势,故又非欧、曾之伦。东坡谓"子由之文,汪洋淡泊,有一唱三叹之声,而其秀杰之气,终不可没"。亦可谓知子由者。○苏洵，字明允，号老泉，眉州眉山人。至和中，以欧阳修荐，除校书郎。子轼，字子瞻，一字和仲。嘉祐时，欧阳修典礼部试所取士也。神宗时谪黄州。筑室东坡，自号东坡居士。后卒于常州，谥文忠。辙，字子由，一字同叔，与轼同举进士。老于许州，自号颍滨遗老。谥文定。

　　荆公文格，在北宋诸家中为最高。或谓八家中除韩文公外，即当推荆公云。荆公为文，与欧公异。欧公之文，皆再三削改而成。《朱子语类》云："有人买得《醉翁亭记》稿。初说滁州四面有山，凡数十字。末后改定，只曰'环滁皆山也'五字而已。"案世所习诵之《泷冈阡表》，亦经改削，初稿尚存集中。荆公则运笔如飞，初若不经意。既成，则见者皆服其精妙。盖其天分，实有不可及者在也。荆公文世皆赏其拗折。其实其不可及处，乃在议论之正大，识解之高超，笔力之雄峻。具此三者，拗折则自然而致。所谓"气盛则言之短长与声之高下皆宜"也。《上皇帝书》实为宋代第一大文。当时堪与比方者，惟东坡之《上皇帝书》。然坡公文袭用当时文体，虽论者称其高朗雄伟，为宣公所不及，然较之荆公此篇，则气格卑下矣。其说理之文，如《原性》《性情论》等，皆谨严周匝。细读之，真觉如生铁铸成，一字不可移易。《周礼义序》《度支厅壁题名记》，不啻政见之宣言书。苞蕴宏富，而皆以百许字尽之。读之只觉其精湛，而不觉其艰深。此则虽韩公不能，他家无论也。叙事之作，亦因物赋形，曲尽其妙。即就志铭一体观之，或则随笔铺叙，或则提絜顿挫；或寓议论感慨，或述离合死生。数十百万，无两篇机杼相同者，真可谓笔有化工矣。王安石，字介甫，号半山，抚州临川人。擢进士第。神宗时再入相。封舒国，改荆国公。谥文。

　　与欧、曾、苏、王相先后者，范仲淹、字希文，苏州吴县人。祥符进士。元昊反，副夏竦经略陕西。后拜枢副，进参政。锐意改革，为侥幸者所不悦，未几罢去。谥文正。司马光、字君实，陕州夏县人，学者称涑水先生。宝元进士，神宗时，官御史，以反对新法，居洛十五年。哲宗初，起为相。尽罢新法。卒，谥文正。刘敞、字原父，临江新喻人。学者称公是先生。庆历进士。以集贤院学士,判南京御史台。**刘攽**,敞弟,字贡父。学者称公非先生。庆历进士。历州县二十五年。晚乃游馆学,哲宗时,掌外制。**亦皆能为古文。仲淹之作,气体不甚高。**读世所习诵之《岳阳楼记》可见。**光气体醇雅,而不甚健。敞文甚古雅,亦极自负。**叶梦得曰:"敞将死,戒其子弟,毋得遽出吾文。后百年,世好定,当有知我者。"晁公武曰:"英宗尝语及原父,韩魏公对以有文学。欧阳公曰:'其文章未佳,特博学可称耳。'"叶氏谓:"原父与文忠论《春秋》,间以谑语酬之。文忠不能平。后忤韩魏公,终不得为翰林学士。"则原父之文,韩、欧皆不甚超然也。**而好"摹仿古语句"。**晁公武语。**攽亦有此病,皆不免食古而未化云。**朱子《语类》:"刘原父文多法古,极相似。有几件文字学《礼记》。《春秋说》学《公》《穀》。"又谓:"刘贡父文字,工于摹仿。学《穀梁》《仪礼》。"

　　苏氏之门,黄庭坚、字鲁直,洪州分宁人,第进士,除右谏议大夫。后责授涪州别驾。**秦观**、字少游,一字太虚,高邮人,第进士。元祐初,以苏轼荐,除秘书省正字。后坐党籍,徙郴州。**张耒**、字文潜,楚州淮阴人,第进士,元祐初,仕为起居舍人。徽宗时,至太常少卿。**晁补之**,字无咎,巨野人。元丰进士。元祐除校书郎,绍圣末,落职监信州酒税。大观中,起知泗洲,卒。**称四学士。**以其同入馆也。见晁公武《读书志》。**益以陈师道**、字无己,号后山居士。彭城人。元祐中,侍从合荐于朝,召为太学博士。绍圣初罢。建中靖国初,入为秘书省正字。**李廌**,字方叔,华州人。**称六君子。四学士中:庭坚长于诗,观工偶俪,而补之、耒善古文。世并称为晁、张。**庭坚与秦观书曰:"庭坚心醉于《诗》与《楚辞》,似若有得。至于议论文字,当付之晁、张及少游、无己。"案少游议论文,笔力稍弱。师道在当时不以文名。而《四库提要》谓"其文简严密栗,不在李翱、孙樵下"。又谓"廌文才气横溢,大略与苏轼相近。故轼称其笔墨澜翻,有飞沙走石之势。驰骤秦观、张耒间,未遽步其后尘"也。李格非,字文叔,济南人。与苏门诸子,往还甚密。刘后村谓"其文高雅条鬯,在晁、张上。诗稍不逮"。

　　荆公之友，有侯官三王：曰回，字深父；曰向，字子直；曰囘（同），字容季；与欧、曾、刘原父游，皆早世。南丰序其文集，并极称之。马端临谓"其文当与曾、苏相上下。惜晁、陈二家，并不著录，《四朝国史·艺文志》绍兴时所修神宗、哲宗、徽宗、钦宗四朝之史也。至淳熙时乃成，首尾凡三十年。有《王深父集》十卷，仅曾《序》所言之半。而子直、容季之文，则并卷帙多少，亦不能知"矣。

　　宋代理学盛行。理学家于学问，且以为玩物丧志，而况文辞？于文辞之雅正者，且以为无异俳优，何况淫艳？谢良佐对明道举文书，成篇不遗一字。明道曰："贤却记得许多，可谓玩物丧志。"《通书》曰："文所以载道也，不知务道德，而第以文辞为能者，艺焉而已。"又曰："圣人之道，入乎耳，存乎心，蕴之为德行，行之为事业。彼以文辞而已者，陋矣！"伊川曰："古之学者为己，其终至于成物；今之学者为人，其终至于丧己。学也者，使人求于内也。不求于内而求于外，非圣人之学也。何谓不求于内而求于外？以文为主者是也。学也者，使人求于本也。不求于本而求于末，非圣人之学也。何谓不求于本而求于末，考详略，采同异者是也。是皆无益于身，君子弗学。"又曰："今为文者，专务悦人耳目。既务悦人，非俳优而何？"宋儒此等议论甚多，此特其最著者而已。然欲求知古人之意，不能不通其文。欲求载道而用世，亦不能尽废文辞。故理学家虽贱视文艺，究之所吐弃者，不过靡丽雕琢之文；而于古文，则不徒不能废弃，转以反对淫艳之文故，而益增其盛也。曾国藩《湖南文征序》："自东汉至隋，大抵义不单行，辞多俪语。即议大政，考大礼，亦每缀以排比之句，间以婀娜之声。历唐代而不改。虽韩、李锐志复古，而不能革举世骈体之风。宋兴既久，欧阳、曾、王之徒，崇奉韩公，以为不迁之宗。适会其时，大儒迭起。相与上探邹、鲁，研讨微言。群士慕效，类皆法韩氏之气体，以阐明性道。自元、明至康、雍之间，风会略同。"颇能道出理学与文学之关系。要之理学家无意提倡古文，而古文却因理学之盛行而增其盛，事固有出于不虞者也。宋学开山，当推周、程、张、邵；而其先导，则为安定、泰山、徂徕。胡瑗，字翼之，泰州如皋人。世居安定，学者称安定先生。孙复,字明复,晋州阳平人。退居泰山,学者称泰山先生。石介,字守道,兖州章符人。居徂徕山下,学者称徂徕先生。黄东发谓本朝理学,虽至伊、洛而精,实自三先生始。全谢山撰《宋儒学案》,以三先生居首。周敦颐,字茂叔,道州营道人。知南康军,家庐山莲花峰下。有溪合于溢江,取营道故居濂溪之名名之,学者称濂溪先生。程颢,字伯淳,洛阳人,学者称明道先生,弟颐,字正叔,学者称伊川先生。张载,字子厚,凤翔郿县横渠镇人,学者称横渠先生。邵雍,字尧夫,范阳人。家河南,谥康节。泰山号能为古文。颍滨作《欧公墓碑》,载欧公之言,谓“于文得尹师鲁、孙明复,而意犹不足”。《四库提要》则谓“明复之文,谨严峭洁,卓然儒者之言,与欧、苏、曾、王,千变万化,务极文章之能事者,又别为一格”。盖非求工于文者。徂徕极推柳开之功,复作《怪说》以排杨亿。于古文之兴,尤有关系。王渔洋《池北偶谈》称其“倔强劲质,有唐人风,较胜柳、穆二家,而终未脱草昧之气”。盖亦在明而未融之候也。周子之《通书》,张子之《正蒙》《东铭》《西铭》,小程子之《四箴》,皆为学者所称。然惟《西铭》,情文兼至,不愧作者。《通书》《正蒙》虽谨严,而拘而不畅,朴而不华。谓为载道之作则有之,誉其文辞之工,则阿私所好矣。刘牧撰《易数钩隐图》,以天地生成之数为《河图》,戴九履一之数为《洛书》,实与周子之《太极图》、邵子之《先天图》,鼎立而三。虽理学之精蕴,不必在是,而其导源于是,则不可诬。而牧亦能为古文。而《先天》《太极》二图,又皆原出穆修。理学家与古文之关系,诚可谓深矣。王禹偁《东都事略·儒学传》,谓陈抟读《易》,以数学授穆修。修以授种放,放授许坚,坚授范谔昌。朱震《经筵表》谓陈抟以《先天图》传种放,放传穆修,修传李之才,之才传邵雍;放以《河图》《洛书》传李溉,溉传许坚,坚传范谔昌,谔昌传刘牧。修以《太极图》传周敦颐。敦颐传程颢、程颐。〇刘牧,字先之,衢州西安人。仕终荆湖北路转运判官。

　　然诸家于古文,虽有关系,而其文要不可谓甚工。南渡以后,乃有一朱子出焉。名熹,字元晦,婺源人。父松,为政和尉,侨寓建州。朱子自署，或曰晦庵，或曰晦翁。亦称云谷老人，又称沧州病叟。尝榜所居曰紫阳书堂，又筑亭曰考亭，故学者亦以紫阳、考亭称之，谥曰文。朱子虽以理学名，而于学无所不窥，于文亦功力甚深。特其论文，以见道明理为主，不欲以文辞见长而已。朱子文学南丰，微嫌气弱而不举，然其说理之文，极为精实。读《大学中庸章句序》可见。叙事论事之作，亦极明晰。《上孝宗封事》委婉曲折，意无不尽；较之曾公，亦无多让，诚南渡后一作手也。

朱子与张栻、字敬夫，绵竹人，居衡阳，浚之子也。谥宣，学者称南轩先生。吕祖谦，字伯恭，祖好问始居婺州，学者称东莱先生。谥成，改谥忠亮。并称乾淳三先生。祖谦亦能文，《宋文鉴》即其所辑。祖谦长于史学，故其文多熟权利害，而有豪迈骏发之气。其体格不如朱子之高，然世所习诵之《左氏博议》，则祖谦摹拟应试文字之作；其他作，亦不俗陋至是也。永嘉、永康在理学中为别派，其宗旨不必尽与东莱合，然皆渐染其好谈史学之风气，固不容疑。两派巨子，皆能为文辞。水心后学，工于文者尤多。故在理学中，浙学与文学，实关系最深者也。

永嘉巨擘，为陈傅良及叶适。傅良，字君举，瑞安人，学者称止斋先生。适字正则，永嘉人，学者称水心先生。傅良之学，出于薛季宣。字士龙，永嘉人。季宣之学，出于程门，季宣师事袁道洁，袁道洁师事二程。而加之典章制度，欲见之施行。傅良承其遗风，故其学皆务有用，而文亦足以副之。适当韩侂胄用兵时，欲借其名以草诏，力陈不可。及败，乃出制置江淮。受任于败军之际，奉命于危难之间，其措施殊有可观。其于世务利害，筹议尤熟。傅良文极峭劲，适则才气奔放，要皆用世之文也。永康之学，以陈亮为巨擘。字同甫，永康人，学者称龙川先生。亮慷慨喜言兵，与朱子辩王霸义利，两不相下。尝曰："研穷义理之精微，辨析古今之同异；原心于秒忽，校理于分寸；以积累为工，以涵养为主，晬面盎背，则于诸儒诚有愧焉。至于堂堂之陈，正正之旗；风雨云雷，交发而并至；龙蛇虎豹，变见而出没，推倒一世之豪杰，开拓万古之心胸；自谓差有一日之长。"其气概可想。其文亦才辨纵横，有不可一世之概。然失之于粗，且不免矜夸之习，实不逮水心与止斋也。

南宋为散文既盛之世，承学之士，多能为之。又以国步艰难，颇多慷慨激昂之论。如胡铨、胡安国等皆是。一时风气如是，不皆可谓之能文。今录止斋、水心文各一篇于后，可以见一时之风气焉。

陈傅良《张耳、陈余、郦食其论》

图天下者，自有天下之势，书生之论不知也。图天下而守书生之论，不败事者寡矣！昔者秦之趋亡，陈、吴、刘、项之徒，崛起荆棘，以匹夫争天下。无只民块土，以为之阶；而势非可以仁义为也。故惟急功而疾战，寸攘而尺取。世谓十夫逐鹿，一夫得鹿，九人拱手。倚人以为外援，则不足以自固矣。而陈余、张耳，以立六国后，荐之楚涉以弱秦。郦生亦以其谋用之汉高以挠楚。噫，书生之陋如此哉！夫六国之君，亟因其民而鱼肉之，卒不能守，而入于虎狼之秦。天下之苦六国，不减秦也，知秦之可亡，而不知六国之不可复，其谋固已疏矣，况乎六国之后，而能信其民，果不为陈、刘之忧哉？盗主人之金，而寄诸其邻，责其不吾得，不可也。以匹夫谋人之天下，而又借助于人，是更生一敌也。夫以项氏之强，掌握土宇，列置诸将而王之，不保其不叛楚。及天下既定，汉高刑白马以封功臣，恩甚渥也，然环视而争衡者，没高帝之齿而不绝。孰谓抢攘之际，凭之以犄角，而能使之不吾敌邪？呜乎！将以仆敌，反以滋敌，此书生之论，图天下者不为也。

叶适《论四屯驻大兵》

敢问四大兵者，知其为今日之深患乎？使知其为深患，岂有积五十年之久，而不求所以处此者？然则亦不知而已矣。自靖康破坏，维扬仓卒，海道艰难，杭、越草创，天下远者，命令不通；近者，横溃莫制。国家无威信以驱使强悍，而诸将自夸雄恶。刘光世、张俊、吴玠兄弟、韩世忠、岳飞，各以成军，雄视海内。其玩寇养尊，无若刘光世；其任数避事，无若张俊。当是时也，廪稍惟其所赋，功勋惟其所奏。将版之禄，多于兵卒之数。朝廷以转运使主馈饷，随意诛剥，无复顾惜。志意盛满，仇疾互生，而上下同以为患矣。及张浚收光世兵柄，制驭无策，吕祉以疏浚趣之，一旦杀帅，卷甲以遁。其后秦桧虑不及远，急于求和，以屈辱为安者，盖忧诸将之兵未易收，浸成疽赘；则非特北方不可取，而南方亦未易定也。故约诸军支遣之数，分天下之财，特命朝臣以总领之，以为喉舌出纳之要。诸将之兵，尽隶御前；将帅虽出于军中，而易置皆由于人主；以示臂指相使之势。向之大将，或杀或废，惴息俟命，而后江左得以少安，故知其为深患，若此而已。虽然，以秦桧之虑不及远也，不止于屈辱为安，而直以今之所措置者为大功。尽南方之财力，以养此四大兵；惴惴然常有不足之患；桧徒坐视而不恤也。桧久于其位，老疾而死。后来者习见而不复知，但以为当然。故朝廷以四大兵为命，而困民财。四都副统制，因之而侵刻兵食；内臣贵幸，因之而握制将权。蠹弊相承，无甚于此。而况不战既久，老成消耗，新补惰偷，堪战之兵，十无四五，气势懦弱。加以役使回易，交跋债负；家小日增，生养不足；怨嗟嗷嗷，闻于中外。昔祖宗竭天下之财，以养天下之兵，固前世之所无有；而今日竭东南之财，以养四屯驻之兵，又祖宗之所无有也。夫以地言之，则北为重；以财言之，则南为多。运吾之多财，兵强士饱，事力雄富，以此取地于北，不必智者而后知其可为也。今奈何尽耗于三十万之疲卒,袭五六十年之积弊,以为庸将腐阍卖粥富贵之地,则陛下之远业,将安所托乎？陛下诚奋然欲大有为于天下,摅不可掩抑之素志,以谋夫不同覆载者之深仇,必自是始。使兵制定,而减州县之供馈,以苏息穷民,种植基本。于是厉其兵使必斗,厉其将使不惧。一再当虏而胜负决矣。兵以少而后强,财以少而后富,其说甚简,其策甚要,其行之甚易也。

三、宋代之骈文

　　骈文至宋,亦为一大变。追原古昔,骈与散初非二物也。文字所以代语言,以事理论:则对称或列举之处,其文自偶;偏举一端之处,其文自奇。以文情言:则凝重之处,不期其偶而自偶;疏宕之处,不期其奇而自奇。文无独举一事者,亦无对称并列到底者;而凝重疏宕亦必错综为用,而后始成其为文。故自然之文,骈散不分者势也。散文发达之初,与口语极为相近。今日视为高古,而在古人观之,则嫌其不文,于是就口语加以修饰,句求其整齐,词求其美丽,是为后世所谓骈文之滥觞。然特就口语加以修饰,非与口语截然为二物也。魏晋以降,此风弥盛。遂至用字求其美丽,而俗语皆在所删;句调求其整齐,则散语几于不用。而且用典日多,隶事日富。文至此,遂截然与口语分途。物极必反,乃有矫之之古文出焉,其说已见第一章。文学之事,如积薪然,新者既兴,旧者不必遂废;故古文虽盛,骈文亦自有其用焉。盖以魏晋六朝之文,说理记事,则嫌其华而不实,拘而不畅;而以唐以后之散文,施之应对之际,亦嫌其朴而不文,且太径直。故宋时说理论事之作,多用散文,而诏、笺、表等,则仍用骈文焉。《容斋三笔》:"四方骈俪于文章为至浅近,然上自朝廷命令、诏册,下而缙绅笺书、祝疏,靡不用之。"骈散分途,各就所长以为用,亦文学进化之一端。其事亦肇于唐而成于宋也。

　　一时代之思想，恒有其所偏主之端，大势所趋，万矢一的。虽自谓与众立异者，亦恒受其阴驱潜率而不自知。此一时代之中，所以恒止能成一事；而亦一时代之中，所以恒能成一事也。宋代为散文盛行之世，斯时之骈文，名为与古文对立，而实不免于古文化。以宋代之骈文，与宋代之古文较，则为骈文；以宋代之骈文，与唐代之骈文较，则唐代之骈文，可谓骈文中之骈文，而宋代之骈文，可谓骈文中之散文矣。此等风气，盖变自欧、苏。宋初为骈文者，无不恪守唐人矩矱，雍穆者远师燕、许，繁缛者近法樊南。自欧、苏出，以古文之气势，运骈文之词句，而唐、宋四六，始各殊其精神面貌矣。此种变迁，有得有失。气之生动，词之清新，虽极翦裁雕琢之功，仍有渐近自然之妙，宋人之所长也。造句过长，渐失和谐之美；措语务巧，更无朴茂之风；驯至力求清新，流为纤仄；取径既下，气体弥卑，则其所短也。要之宋代之骈文，与齐梁以来之骈文较，可谓骈文中之散文。所长在此，所短亦在此也。谢伋《四六谈麈》云："四六施于制诰、表奏、文檄，本以便宣读，多以四字六字为句。宣和多用全文长句为对，前无此格。"俞樾《春在堂随笔》曰："骈体之文谓之四六，则以四字六字，相间成文为正格。《困学纪闻》所录诸联，如周南仲《追贬秦桧制》曰：'兵于五材，谁能去之，首弛边疆之禁；臣无二心，天之制也，忍忘君父之仇。'贪用成白（句），而不顾其冗长，自是宋人习气。又载王烆《辞督府辟书》曰：'昔温太真绝于违母，以奉广武之檄，心虽忠而人议其失性。徐元直指心恋母，以辞豫州之命，情虽窘而人予其顺天。'以议论行之，更宋派之陋者。此派一行，于明人王世贞所作四六，竟有以十余句为一联者。其亦未顾四六之名而思其义乎？"孙梅《四六丛话》曰："宋初诸公骈体，精敏工切，不失唐人矩矱。至欧公倡为古文，而骈体亦一变其格。始以排纂古雅，争胜古人。而枵腹空笥者，亦复以优孟之似，借口学步。于是六朝三唐，格调寖远，不可不辨。"又曰："骈俪之文，以唐为极盛。宋人反诋讥之，岂通论哉？浮溪之文，可称精切。南宋作者，莫能或先，然何可与义山同日语哉？古之四六，句自为对，故与古文未远。其合两句为一联者，谓之隔句对。古人慎用之，非以此见长也。义山之文，隔句不过通篇一二见。若浮溪，非隔句不能警矣。甚或长联至数句，长句至数十字，以为裁对之巧，不知古意寝失，遂成习气。四六至此，弊极矣。其不相及者一也。义山隶事多而笔意有余，浮溪隶事少而笔意不足，其不相及二也。若令狐，文体尤高，何以妄为轩轾乎？"案四六联太长，句太多，自是宋人一病。至于隶事少，而每一意必以较长之句达之，则正其所以能生动也。古意诚自此寝失，而宋人四六之能自树立，亦正在此。昔人论文，每不免薄今爱古，见宋四六寝失古意，则必谓唐人为是，宋人为非。殊不知此乃文字之变迁，无所谓是非也。若必以恪守旧法为是，则何不径效先秦两汉之文？而何必斤斤于魏、晋以来之所谓古乎？ ○浮溪，汪藻集名。

　　宋初以骈文名者，当推徐铉。字鼎臣，广陵人。铉本南唐词臣，入宋后，亦直学士院。从太宗征太原，军中书诏填委，援笔无滞，辞理精当，时论称之。此外扈蒙、字日用，安次人，晋天福进士。仕周，为右拾遗，直史馆，知制诰。入宋，充史馆修撰，与李昉等同编《文苑英华》。张昭、字潜夫，范县人，历事唐、晋、汉、周四朝。入宋，为礼部尚书，封郑国公。李昉、字明远，饶阳人，仕汉、周两朝。归宋，三入翰林，太宗朝，拜平章事。《文苑英华》《太平御览》《太平广记》皆其所修，谥文正。窦俨、字望之，渔阳人，晋天福进士。周翰林学士。入宋，为礼部侍郎。陶谷、字秀实，新平人，仕晋、汉、周三朝。在周为翰林学士。宋太祖《禅诏》即谷出诸袖中者。仕宋为礼、刑、户三部尚书。宋白，字太素，大名人，建隆进士，与李昉同修《文苑英华》。或典诏命，或司文衡，或与纂修，皆五代之遗也。当时骈文，皆恪守唐人矩矱。而铉文雍容大雅，尤为一时之冠。南唐后主之卒也，诏铉为墓志。铉乞存故主之礼，许之。其文措辞得体，极为当时所称道。今一循诵之，诚穆然见燕、许之遗风也。其叙南唐之亡曰："至于荷全济之恩，谨藩国之度，勤修九贡，府无虚月，祗奉百役，知无不为。十五年间，天眷弥渥。然而果于自信，怠于周防。西邻启衅，南箕构祸。投杼致慈亲之惑，乞火无里妇之辞。始营因垒之师，终后涂山之会。"叙南唐致亡之由曰："本以恻隐之性,仍好竺乾之教。草木不杀,禽鱼咸遂。贵人之善,尝若不及。掩人之过,惟恐其闻,以至法不胜奸,威不克爱。以厌兵之俗,当用武之世。孔明罕应变之略,不成近功;偃王躬仁义之行,终于亡国。道有所在,复何愧欤?"措词均可谓极得体。

　　稍后以文字名,而能影响一时之风气者,当推杨、刘。杨亿,字大年,浦城人。年十一,太宗闻其名,诏送阙下。试诗赋,授秘书省正字。后赐进士第。真宗时,为翰林学士。官至工部侍郎,兼史馆纂修。刘筠,字子仪。大名人,第进士,三入翰林。**杨、刘诗文,皆法义山。后进效之,遂成风会。致石介作《怪说》以诋,**《怪说》云:"周公、孔子、孟轲、扬雄、文中子、吏部之道,尧、舜、禹、汤、文、武之道也,三才、九畴、五常之道也。反厥常,则为怪矣。夫《书》则有尧、舜《典》,皋陶、益、稷《谟》、《禹贡》,箕子之《洪范》。《诗》则有大小《雅》、《周颂》、《商颂》。《春秋》则有圣人之《经》。《易》则有文王之《繇》、周公之《爻》、夫子之《十翼》。今杨亿穷妍极态;缀风月;弄花草;淫巧侈丽,浮华纂组;刓锼圣人之经,破碎圣人之言,离析圣人之意,蠹伤圣人之道。使天下不为《书》之《典》《谟》《禹贡》《洪范》,《诗》之《雅》《颂》,《春秋》之《经》,《易》之《繇》《爻》《十翼》,而为杨亿之穷妍极态,缀风月,弄花草,淫巧侈丽,浮华纂组,其为怪大矣。"**优伶有掎扯之讥,**刘攽《中山诗话》:"祥符天禧中,杨大年、钱文僖、晏元献、刘子仪,以文章立朝,为诗皆宗李义山,后进多窃义山语句。尝内宴,优人有为义山者,衣服败裂,告人曰:吾为诸馆职掎扯至此。闻者欢笑。"**然专以涂泽为工,自是仿效之失。亿等诗文,固皆有根柢。虽华靡,尚不失典型也。今录杨亿文一篇于下,以见其概。**

杨亿《谢赐衣表》

　　解衣之赐,猥及于下臣。挟纩之仁,更均于列校。光生郡邸,喜动辕门。伏以皇帝陛下,诞膺玄符,恭临大宝。惠务先于逮下,志惟在于爱人。鸟兽氄毛,俯及严凝之候。衣裳在笥,爰推赐予之恩。在涣汗之所沾,虽容光而必照。如臣者,任叨符竹,地僻瓯、吴。奉汉诏之六条,方深祗畏;分齐官之三服,忽荷颁宣。纂组极于纤华，纯绵加于丽密。玺书下降，切窥云汉之文。驿骑来临，更重皇华之命。但曳娄而增惕，实被服以难胜。矧于戎行，亦膺天宠。干城虽久，皆无汗马之劳。守土何功，独惧濡鹈之刺。仰瞻宸极，惟誓糜捐。

此外以骈文名者，又有夏竦、字子乔，德安人。仁宗时为相。封英国公。谥文庄。宋庠宋祁兄弟、王禹偁、胡宿、字武平。常州晋陵人，进士。仕至枢副，谥文恭。王珪字禹玉，成都华阳人，徙舒。庆历进士，神宗时为相，谥文。等。竦所作，以朝廷典册居多，论者称其风骨高秀，有燕、许之遗风。庠馆阁之作，沈博绝丽。祁修《新唐书》，务为艰涩，又删除骈体，一字不登。而其骈文，则确守唐人矩矱，盖古文所以求合于古，而骈文则所以求适于时，故其途辙不同也。王禹偁散文务清真，而骈文亦宏丽典赡。胡宿、王珪皆久典制诰，文极雍容华贵。要之，此时之骈文，仍未脱唐人格式也。至欧阳修出，而其体一变。

唐代骈文，亦殊风会。初唐四杰之作，沈博绝丽。燕、许出，务于典则。樊南稍流丽矣。杨、刘之专法义山，实亦隐开宋代风气，特未尝参以散文之法耳。欧公出，乃以流转之笔，运雅淡之词。南丰、荆公、子瞻兄弟，相与和之，而境界一变矣。今录南丰《贺明堂礼成肆赦表》、东坡《乞常州居住表》各一篇于下，作为色泽最古雅者，苏文则气势最生动者也。

曾巩《贺明堂礼成肆赦表》

昊天无声之载，人莫能名。先帝罔极之恩，物何以称。维总章之定位，秩宗祀之洪仪。祗荐至诚，用伸昭报。伏惟陛下，躬凤成之圣质，而博古多闻；经特起之大猷，而虚心广览。振千龄之坠绪，绍三代之遐踪。霈泽之所涵濡，太和之所煦妪；华夏蛮貊，无一夫不获其宜；草木虫鱼，无一物不遂其所。爰求祭典,用告王功。盖诸儒之说为不经,则折衷于夫子;而近世之事为非古,则取法于周公。罢黜异端,推明极孝。以尊莫大于祖,故郊于吉土以配天;以本莫重于亲,故享于合宫以配帝。恩义两得其当,情文皆尽其详。撤俎云初,均釐甚广。昭哉皇矣,实难偶之昌期;巍乎焕焉,信非常之盛礼。臣幸逢熙洽,未奉燕闲。一违前跸之音,四遇亲祠之庆。青云外(多)士,皆预桥门之听观。黄发孤生,独叹周南之留滞。

苏轼《乞常州居住表》

臣闻圣人之行法也,如雷霆之震草木,威怒虽盛,而归于欲其生。人主之罪人也,如父母之谴子孙,鞭挞虽严,而不忍致之死。臣漂流弃物,枯槁余生,泣血书词,呼天请命,愿回日月之照,一明葵藿之心。此言朝闻,夕死无憾。臣昔者尝对便殿,亲闻德音。以蒙圣知,不在人后。而狂狷妄发,上负恩私。既有司皆以为可诛,虽明主不得而独赦。一从吏议,坐废五年。积忧熏心,惊齿发之先变;抱恨刻骨,伤皮肉之仅存。近者蒙恩,量移汝州。伏读训词,有"人材实难,弗忍终弃"之语。岂独知免于缧绁,亦将有望于桑榆。但未死亡,终见天日。岂敢复以迟暮为叹,更生侥觊之心。但以禄廪久空,衣食不继。累重道远,不免舟行。自离黄州,风涛惊恐。举家重病,一子丧亡。今虽已至泗州,而资用罄竭,去汝尚远,难于陆行。无屋可居,无田可食。二十余口,不知所归。饥寒之忧,近在朝夕。与其强颜忍耻,干求于众人;不若归命投诚,控告于君父。臣有薄田,在常州宜兴县,粗给饘粥。伏望圣慈,许于常州居住。又恐罪戾至重,未可听从便安,辄叙微劳,庶蒙恩贷:臣先在徐州日,以河水浸城,几至沦陷。臣日夜守捍,偶获安全,曾蒙朝廷,降敕奖谕。又尝选用沂州百姓程棐,购捕凶党,获谋反妖贼李铎、郭廷(进)等一十七人；亦蒙圣恩，保明放罪。皆臣子之常分，无涓埃之可言。冒昧自陈，出于穷迫。庶几因缘侥幸，功过相除；稍出羁囚，得从所便。重念臣受性刚褊，赋命奇穷。既获罪于天，又无助于下，怨尤交积，罪恶横生。群言或起于爱憎，孤忠遂陷于疑似。中虽无愧，不敢自明。向非人主，独赐保全，则臣之微生，岂有今日！伏惟皇帝陛下，圣神天纵，文武生知。得天下之英才，已全三乐；跻斯民于仁寿，不弃一夫。勃然中兴，可谓尽善。而臣抱百年之永叹，悼一饱之无时。贫病交攻，死生莫保。虽凫雁飞集，何足计于江湖；而犬马盖帷，犹有求于君父。敢祈仁圣，少赐矜怜！

唐人奏议用骈文而意无不达者，莫如陆宣公。后人多效之，然高者莫能至，下者无论矣。宋人之作，乃有突过前贤者，如东坡《上皇帝书》是也。见前章。又如荆公《本朝百年无事札子》云："然本朝累世，因循末俗之弊，而无亲友群臣之议。人君朝夕与处，不过宦官女子；出而视事，又不过有司之细故；未尝如古大有为之君，与学士大夫，计论先王之法，以措之天下也。一切因任自然之理势，而精神之运，有所不加；名实之间，有所不察。君子非不见贵，然小人亦得厕其间；正论非不见容，然邪说亦有时而用。以诗赋记诵求天下之士，而无学校养民之法；以科名资历叙朝廷之位，而无官司课试之方。监司无检察之人，守将非选择之吏。转徙之亟，既难于考绩；而游谈之众，因得以乱真。交私养望者，多得显官；独立营职者，或见排沮。故上下偷惰，取容而已。虽有能者在职，亦无以异于庸人。农民坏于繇役，而未见特见救恤；又不为之设官，以修其水土之利。兵士杂于疲老，而未尝申敕训练；又不为之择将，而久其疆场之权。宿卫则聚卒伍无赖之人，而未有以变五代姑息羁縻之俗。宗室则无教训选举之实，而未有以合先王亲疏隆杀之宜。其于理财，大抵无法。故虽俭约而民不富,虽忧勤而国不强。赖非夷狄昌炽之时,又无尧、汤水旱之变,故天下无事,过于百年。虽曰人事,亦天助也。"亦沿用当时文体,而参以古文笔法者也,则弥为朴茂矣。盖宣公究以骈文为骈文,而苏、王则以古文为骈文者也。

宋代为崇实黜华之世,四六一体,颇有厌弃之者。英宗时,温公除翰林学士,以不能为四六辞,强之乃受。神宗命知制诰,辞如故,神宗许以用散文。今《传家集》中,间存四六,原非不能为者,特不乐为耳。晁公武《读书志》,谓"南丰晚年始居掖垣。属新官制,除目填委,占纸肆书,初若不经意。及属草授吏,所以本法意,原职守,为之训敕者,人人不同。赡裕雅重,自成一家"。今案南丰除授之制,颇有仿汉文为之,与当时体制绝异者。盖一时风气所趋,高明之士,遂不乐为流俗所限也。子固弟肇,字子开。第进士,历九郡,晚居翰林。制诰亦以典雅称。

欧苏而后,骈文渐趋雅淡,惟秦少游设色最为绮丽。两宋之世,诗文有齐、梁色采者,淮海一家而已。今录其文一篇,以见其概。

秦观《贺元会表》

十三月为正,既前稽于夏道。二千石上寿,仍参承于汉仪。盛旦载逢,彝章具举。伏惟皇帝陛下:财成天地,参并神明。命羲和之二官,谨《春秋》之五始。调和元气,抚御中区。肆属春王之朝,肇修元会之礼。鸡人呼旦,庭燎有光。外则虎贲羽林,严宿卫之列;内则谒者御史,肃班行之容。漏未尽而车辂陈,晔既鸣而鼓钟作。应龙高举,云气毕从。北极上临,星宿咸拱。受四海之图籍,拜万国之衣冠。岁月日时,于焉先正。声明文物,粲尔可观。迈康王酆官之朝,掩高帝长乐之事。蔼颂声而并作,郁协气以横流。臣比远天光,邈更年篝。职拘藩国,莫瞻龙衮之升;心析宸居,但樽兽折之列。

南北宋间，以文采擅名者，有王安中、字履道，中山阳曲人，第进士。政和间，争言瑞应，群臣辄表贺。徽宗览其作，称为奇才。他日，出制诏二题，使具草，立就。上即草后批可中舍人。宣和拜尚书右丞。靖康贬单州。高宗立，徙道州卒。綦崇礼、字叔厚，高密人，徙准之北海，十岁能作邑人墓铭。登重和元年上舍第，寻拜中书舍人，以宝文阁直学士，知绍兴府。退居台州，卒。孙觌、字仲益，兰陵人。大观三年进士，官终龙图阁待制。汪藻、字彦章，饶州德兴人。崇宁进士。高宗时，为中书舍人，兵部侍郎。而藻尤为诸家之冠。《隆祐太后手书》最为世所称道，其最精警处曰："缅惟艺祖之开基，实自高穹之眷命。历年二百，人不知兵。传序九君，世无失德。虽举族有北辕之衅，而敷天同左袒之心。乃眷贤王，越居旧服。已徇群臣之请，俾膺神器之归。繇康邸之旧藩，嗣我朝之大统。汉家之厄十世，宜光武之中兴；献公之子九人，惟重耳之尚在。兹惟天意，夫岂人谋。"他如《王伦充通问使制》曰："朕既俯同晋国，用魏绛以和戎。尔其远慕侯生，御太公而归汉。"《遥贺太上皇表》云："帝尧游汾水之阳，久忘天下。文王遇《明夷》之卦，益见圣人。"运用故实，皆如弹丸脱手，典雅精切，真无愧矣。后出最有名者，为三洪适、字景伯，鄱阳人，皓长子也。与弟遵同中绍兴十二年鸿博。后三年，弟迈亦登是科。遵字景岩，迈字景庐，迈学最博，尝撰《容斋随笔》《夷坚志》，见第六章。及周必大、字子充，庐陵人，绍兴进士。又中词科，相孝宗，封益国公。谥文忠。楼钥、字大防，自号攻愧主人。明州鄞县人。隆兴元年，试南宫，以犯讳当黜。知举洪遵奏收置末甲首。后擢中书舍人，进参知政事，谥宣献。陆游、杨万里，见下章。皆以诗名，而四六亦精妙。孙梅称万里"属对出自意外，妙若天成，南宋诸家皆不及"。又谓真德秀"尔雅深厚；华而有骨，质而弥工。卓然为南渡一大家"。真德秀，字景元，浦城人，庆元进士。中词科，绍定时，为参政，谥文忠。世称西山先生。案西山为理学名家。文文山、文天祥，字宋瑞，一字履善，号文山，吉水人。举进士第一，中词科。德祐初勤王，拜右丞相。益王时，进左丞相。以都督出兵江西，为元所执，拘于燕三年不屈死。谢叠山，谢枋得，字君直，号叠山，弋阳人，宝祐进士。德祐初，知信州。元兵东下，信州不守，变姓名入闽。宋亡，元人欲起之，不可。强之赴北，不食死。为忠义之士，而其四六皆极工。斯时四六之盛，可以见矣。

然南宋之世，四六境界，实亦小有变迁。凡文字，后出者弥巧；亦以巧故，而寖失古意；至于无可复巧，而其变穷矣。李刘、字公甫，号梅亭，崇仁人。嘉定进士。仕至宝章阁待制。方岳，字巨山，号秋崖，歙县人。绍定进士。为赵葵参议，后知南康军。皆为四六专家。刘所作，其弟子罗逢吉编辑之，名之曰《四六标准》。凡四十卷，千有九十六首，可谓宏富矣。《四库提要》云："自六代以来，笺启即多骈偶。然其时文体皆然，非以是别为一格也。至宋而岁时通候，仕宦迁除，吉凶庆吊，无一事不用启，无一人不用启；其启必以四六，遂于四六之内，别有专门。南渡之始，古法犹存。孙觌、汪藻诸人，名篇不乏。迨刘晚出，惟以流丽稳帖为宗，无复前人之典重。沿波不返，遂变为类书之外编，公牍之副本，而冗滥极矣。然刘之所作，颇为隶事精切，措词明畅。在彼法之中，犹为寸有所长。故旧本流传，至今犹在。录而存之，见文章之中，有此一体为别派；别派之中，有此一人为名家；亦足见风会之升降也。"岳之作曰《秋崖集》。《提要》称其"名言隽句，络绎奔赴，可与刘克庄相伯仲"。克庄，字潜夫，号后村。莆田人，淳祐特赐同进士出身。除秘书少监，兼中书舍人。案克庄与刘，同为真西山弟子。西山所作，犹存古意。而克庄及岳，专以修饰词句见长。洪焱祖作《秋崖传》，谓其诗文四六，不用古律，以意为之，语或天出。其能清新在此；其弥巧而弥薄，至于穷而无可复变，亦在此矣。今录洪适及李刘文各一篇，以见南渡初年与末造，风气之大概焉。南宋末四六，惟陈耆卿所作，颇有浑灏流转之气，故叶适深叹赏之。耆卿，字寿老，号筼窗，临海人，嘉定进士，官至国子监司业。所著《筼窗集》，四库有从《永乐大典》辑本。

洪适《谢除秘书省正字启》

约法三章，初乏刊修之善；聚书四部，遽叨是正之除。仰拜恩私，内深感惧。窃以乘槎向汉，瞻东壁之文星；结绶登畿，列西岘之仙籍。是称美职，以待胜流。盖将为选用之阶，故聊试校雠之事。惟图书之错乱，自古已然；而签胜之散亡，于今尤甚。幸昭代求遗之既广，致积年著录以寖全。多《鲁论》之二篇，类皆纷揉；脱《酒诰》之一简，讵免断残。豕亥相传，银根未定。克称厥任，亦难其人。如某者，识智卑凡，材资幺麿。伏周、孔之轨躅，虽欲自强；渐游、夏之渊源，其如弗及。每省鼠穷之技，敢逃狗曲之嗤。乃刻楮以偶成，致吹竽而滥中。脱州县一行之吏，裁国家三尺之文。奏篇方冒于殊恩，出缫复荣于华贯。才非七步，已无子墨之可称；学愧五车，政恐雌黄之妄下。遂窃登瀛之美，更增入洛之荣。接武英躔，偶棣花之同列；覃思艺圃，庶藜杖之分光。自揆侥逾，率归推择。兹盖伏遇某官，经邦道备，致主勋高。巨舰济川，独任维持之重；大钧播物，曲全造化之工。若富家兼积于朕胰，故匠氏不遗于根阒。致兹琐质，得进清途。某敢不克己自修，铭心图报。朝廷既正，固无刘晏之忧；书策在前，遂毕李邕之愿。

李刘《谢董侍郎荐举启》

随骠骑之幕，滥备执鞭。刿公车之章，遽蒙推毂。心感恩于破白，面抱愧而发红。兹伏念某：秉生多艰，从宦尤拙。贵人令其出门下，既不善于步趋；大夫罗而致幕中，亦倍勤于收拾。岂谓半年之内，复为千里之行。治法征谋，纷纷未定。幕筹橄笔，碌碌无奇。然白日实照其精诚，则赤云可占于胜气。况值匈奴百年之运，必复《春秋》九世之仇。飔犀札而咤牦旄，在此行矣。对龙额而猎麟角，窃有望焉。曾未输横草之劳，何遽辱采苹之荐？乏吴下阿蒙之学，顾曰淹该。无江南子有之词，反云典丽。神益之功甚寡，奖予之赉何多？伏遇某官：以社稷臣，为诗书帅。孤忠可贯于日月，至诚足达于天渊。一鹤一琴，人皆望清献之出。万牛万瓮，贼必待崇文之擒。伫观十乘之行，大作三军之气。系单于之颈，慰祖宗在天之灵；犁匈奴之庭，为蛮夷猾夏之戒。于以侈旗常之绩，归而策鼎彝之勋。凡在红莲绿水之间，必入赤箭青芝之用。某敢不力磨其钝，图称所蒙。插羽铭山，敢衒文章之小技。冶金伐石，愿歌竹帛之大功。

南宋四六，作手极多。以上所举，特其最著者。即如岳飞《贺和议成》一表，最为脍炙人口。陈振孙谓"其词未必己出"，而其作者则已不可知。知此等无名之作家尚多也。

四、宋代之诗

今人论诗之派别者，不曰唐，则曰宋，无曰元、明、清者。以唐、宋诗各有特色，能自成一派。而自元以降，则非学唐，即学宋，卒未能别成一派，与唐宋鼎足而三也。唐、宋诗相较，自以唐诗为胜。以唐诗意在言外，而宋诗意尽句中。唐诗多寓情于景，宋诗或舍景言情。诗以温柔敦厚为宗，自以含蓄不尽为贵。宋诗非不佳，若与唐诗并观，则觉其伧父气矣。然宋之变唐，亦有不得不然者。无论何种文字，皆贵戞戞独造，而贱陈陈相因。唐诗初、盛、中、晚，各擅胜场。在彼境界之中，业已发泄殆尽。率此而往，其道则穷。故宋人别辟一境界。虽不能如唐诗之浑厚，然较诸因袭唐人，有其形而无其质者，则有间矣。试以后来貌学唐人者，与宋诗比较自知。故宋诗者，实能卓然自立于唐诗之外而不为之附庸者也。论诗以唐宋分界，实亦约略之词。若细别之，则当以初唐为一境界，盛唐为一境界，中晚唐为一境界，宋自庆历以后，又为一境界。宋诗较之初盛唐则薄。较之中晚唐，则有振起之功。

宋诗之能卓然自立，在庆历时，若其初年，则仍沿中晚唐余韵，九僧及西昆是也。九僧者，曰剑南希昼、金华像（保）暹、南越文兆、天台行肇、沃州简长、青城惟凤、江东宇昭、峨眉怀古、淮南惠崇。其诗流传不久，故欧公《六一诗话》已只记惠崇，而忘其余八人之名。明末，毛晋得宋本刻之，而九僧诗乃获流传。方虚谷名回，字万里，歙人。景祐进士。守严州,降元。谓九僧诗皆学贾岛、周贺。清纪昀则谓源出中唐,乃十子之余响。案古人心力所在,恒与之融化而不自知。惠崇有"河分冈势断,春入烧痕青"之句。或嘲之曰:"河分冈势司空曙,春入烧痕刘长卿。不是师兄多犯古,古人诗句犯师兄。"可见其神与十子会。纪氏之言,洵不诬矣。诗自大历以后,始有佳句可摘。较盛唐之妥帖排奡,初唐之一气浑成,不可同日语矣。惠崇有自撰《句图》,摘其佳句,刊石长安,见《六一诗话》。亦其诗境不出中晚之证。然九僧诗皆清炼,较之限于晚唐者,确有不同也。今录希昼诗一首,以见其概。

希昼《寄怀古》

见说雕阴僻,人烟半杂羌。秋深边日短,风劲晓笳长。树势分孤垒,河流出远荒。遥知林下客,吟苦夜禅忘。

九僧而后,风靡一时者为西昆体。西昆体以《西昆酬唱集》得名。集为杨亿所编。载亿及刘筠、钱惟演、字希圣。吴越王俶次子。真宗时,知制诰,为翰林学士。仁宗时,拜枢密使。李宗谔、昉子,字昌武,第进士。继昉居三馆,掌两制。陈越、字损之,尉氏人。真宗时,为著作佐郎,直史馆,迁右正言。李维、字仲方,肥乡人,进士。直集贤院,陈州观察使。刘隲、刁衎、字完(元)宾,上蔡人。南唐秘书郎。归宋,至兵部郎中。任随、张咏、字复之,号乖崖,鄄城人,太平兴国进士,为枢密直学士,尝两知益州。钱惟济、俶六子,字岩夫。仁宗时,为武昌军节度观察留后。丁谓、舒雅、字子正,旌德人,南唐进士。归宋,为秘阁校理,出知舒州。晁迥、字明远,清丰人,太平兴国进士。真宗时,为工部尚书。崔遵度、字坚白,江陵人,徙淄川,太平兴国进士,吏部郎中。薛映、字景阳,家于蜀,进士。仁宗时,集贤院学士。刘秉十七人之作,皆学李义山,不免求工于字句对仗,遂为世所诟病,然此亦末流之失,未可尽咎亿等。《六一诗话》曰:"自《西昆集》出,时人争效之,诗体一变。先生老辈,患其多用故事,至于语僻难晓。殊不知自是学者之弊。如子仪《新蝉》云:'风来玉宇乌先转,露下金茎鹤未知。'虽用故事,何害为佳句? 又如'峭帆横渡官桥柳,叠鼓惊飞海岸鸥'。不用故事,又岂不佳乎?"自是公论。

杨亿《汉武》

蓬莱银阙浪漫漫,弱水回风欲到难。光照竹宫劳夜拜,露抟金掌费朝餐。力通青海求龙种,死讳文成食马肝。待诏先生齿编贝,忍令索米向长安。

刘筠《柳絮》

半减依依学转蓬,斑骓无奈恣西东。平沙千里经春雪,广陌三条尽日风。北斗城高连蟏蟓,甘泉树密蔽青葱。汉家旧院眠应足,岂觉黄金万缕空。

此外徐铉诗学元白;寇准、字平仲,下邽人,太平兴国三年进士。三入相,封莱国公,谥忠愍。**林逋、**字君复,钱塘人。隐于西湖之孤山,赐谥和靖先生。**魏野、**字仲先,蜀人,徙陕州。真宗召之,不起。**潘阆**大名人,晁公武《读书志》云:字逍遥。江少虞《事实类苑》则谓其"自号逍遥子"。太宗时,召对,赐进士第。后坐事亡命,真宗捕得之,赦其罪,以为滁州参军。**学晚唐,皆出于西昆之外者。而王禹偁诗学少陵,**《宋诗钞》称其"独开有宋风气之先,而后欧公得以承流而接响",虽骨力未宏,要不可谓非豪杰之士也。宋初学晚唐者,林逋诗格,最为清俊。其《宿洞霄宫》云:"秋山不可画,秋思亦无垠。碧涧流红叶,青林点白云。凉阴一鸟下,落日乱蝉分。此夜芭蕉雨,何人枕上闻?"通首一气,非徒于字句求工也。临终诗云:"茂陵他日求遗稿,犹喜曾无封禅书。"气骨亦极高峻。世徒赏其"雪后园林才半树,水边篱落忽横枝"等句,未免失之于浅矣。

宋诗之能卓然自立者始于苏、梅。梅尧臣,字圣俞,宣城人,官屯田员外郎。《六一诗话》云:"子美笔力豪隽,以超迈雄绝为奇;圣俞覃思精微,以深远闲淡为意;虽善论者不能优劣也。"此诚然。然以功力言之,则圣俞之蕴酿深厚,似非子美所及。圣俞尝谓"诗家必能状难写之景,如在目前;含不尽之意,见于言外;然后为至"。诚哉其能自践其言也。

苏舜钦《沧浪怀贯之》

沧浪独步亦无惊,聊上危台四望中。秋色入林红黯淡,日光穿竹翠玲珑。酒徒漂落风前燕,诗社凋零霜后桐。君又暂来还径去,醉吟谁复伴衰翁。

梅尧臣《梦后寄欧阳永叔》

不趁常参久,安眠向旧溪。五更千里梦,残月一城鸡。适往言犹是,浮生理可齐。山王今已贵,肯听竹禽啼。

欧公诗亦学昌黎,参以李杜。"始矫昆体,专以气格为主。"《石林诗话》语。而其平易疏畅,骨力虽峻,而绝无艰深滞涩之病,则亦如其文然,学古人之精神,而不袭其形貌也。诗自中晚唐而降,递变而日趋于薄。至于庆历之世,可谓其道已穷。欧公等专主气格,实系转而法盛唐。法盛唐而能遗貌取神,即能自拓一境界,而不为唐人所囿矣。今录欧公得意之作《明妃曲》一首如下:

欧阳修《明妃曲》

胡人以鞍马为家,射猎为俗。泉甘草美无常处,鸟惊兽骇争驰逐。谁将汉女嫁胡儿,风沙无情貌如玉。身行不遇中国人,马上自作思归曲。推手为琵却手琶,胡人共听亦咨嗟。玉颜流落死天涯,此曲却传来汉家。汉宫争按新声谱,遗恨已深声更苦。纤纤女手生洞房,学得琵琶不下堂。不识黄云出塞路,岂知此声能断肠。

荆公诗文,皆有天授,殆非人力所及。吴之振云:"安石少以意气自许,故诗语惟其所向,不复更为含蓄。后从宋次道尽假唐人诗集,博观而约取。晚年,始悟深婉不迫之趣。然其精严深刻,皆步骤老杜而得。而论者谓其有工致,无悲壮,读之久则令人格拘而笔退。余以为不然。安石遣情世外,其悲壮即寓闲淡之中。独是议论过多,亦是一病尔。"案荆公少年,所谓惟其所向者,足见天骨之开张;其晚年之深婉不迫,则工力深而益趋于醇厚也。今录其古近体诗数首,以见其概。

明　妃　曲

明妃初出汉宫时,泪湿春风鬓脚垂。低徊顾影无颜色,尚得君王不自持。归来却怪丹青手,入眼平生几曾有。意态由来画不成,当时枉杀毛延寿。一去心知更不归,可怜著尽汉宫衣。寄声欲问塞南事,只有年年鸿雁飞。家人万里传消息,好在毡城莫相忆。君不见咫尺长门闭阿娇,人生失意无南北。

江　上

江水漾西风,无花脱晚红。离情被横笛,吹过乱山东。

悟　真　院

野水纵横漱屋除,午窗残梦鸟相呼。春风日日吹香草,山北山南路欲无。

北宋之世,擅诗名者,无如坡公。荆公之格高,而坡公之才大,殆可谓之双绝。然为后人所宗法,则坡公尤胜于荆公也。赵瓯北云:"以文为诗,自昌黎始。至东坡,益大放厥词,别开生面。"此语最能道出苏诗特色。苏诗之才力横绝,无所不可,诚非余子所及。其或放而不收,病亦即伏于此。短长恒相因也。今录两首于下,皆最足见苏诗之特色者。

寄　刘　孝　叔

君王有意诛骄虏,椎破铜山铸铜虎。联翩三十七将军,走马西来各开府。南山伐木作车轴,东海取鼍漫战鼓。汗流奔走谁敢后,恐乏军兴汗资斧。保甲连村团未遍,方田讼牒纷如雨。尔来手实降新书,抉剔根株穷脉缕。诏书恻怛信深厚,吏能浅薄空劳苦。平生学问止流俗,众里笙竽谁比数。忽令独奏凤将雏,仓卒欲吹那得谱。况复连年苦饥馑,剥啮草木啖泥土。今年雨雪颇应时,又报蝗虫生翅股。忧来洗盏欲强醉,寂寞虚斋卧空瓹。公厨十日不生烟,更望红裙踏筵舞?故人屡寄山中信,只有当归无别语。方将雀鼠偷太仓,未肯衣冠挂神武。吴兴文人真得道,平日立朝非小补。自从四方冠盖闹,归作二浙湖山主。高踪已自杂渔钓,大隐何曾弃簪组?去年相从殊未足,问道已许谈其粗。逝将弃官往卒业,俗缘未尽那得睹。公家只在霅溪上,上有白云如白羽。应怜进退苦皇皇,更把安心教初祖。

八月七日初入赣,过皇恐滩

七千里外二毛人,十八滩头一叶身。山忆喜欢劳远梦,地名皇恐泣孤臣。长风送客添帆腹,积雨浮舟减石鳞。便合与官充水手,此生何止略知津。《自注》:"蜀道有错喜欢铺,在大散关上。"

苏门诸子,多能为诗。其中秦少游诗最婉丽,不脱清华之色。《四库提要》:"《苕溪渔隐丛话》载苏轼荐观于王安石。安石答书,述叶致远之言,以为清新婉丽,有似鲍、谢。敖陶孙《诗评》则谓其诗如时女步春,终伤婉弱。元好问《论诗绝句》,因有女郎诗之讥。今观其集,少年所作,神锋太俊,或有之;概以为靡曼之音,则诋之太甚。吕本中《童蒙训》曰:'少游雨砌堕危芳,风棂纳飞絮之类,李公择以为谢家兄弟,不能过也。过岭以后诗,高古严重,自成一家,与旧作不同。'斯公论矣。"○遗山《论诗绝句》曰:"有情芍药含春泪,无力蔷薇卧晚枝。拈出退之山石句,始知渠是女郎诗。"**张文潜晚务平淡,效白乐天,**史称其"诗效白居易,乐府效张籍"。**故东坡谓"秦得吾工,张得**

吾易"也。晁无咎学杜，风格峻上。陈无己诗最艰苦，山谷诗所谓"闭门觅句陈无己"者也。而其为后人所宗法者，要莫如山谷。

论山谷诗者，毁誉各有过当。东坡《仇池笔记》谓"山谷诗如蝤蛑江瑶柱，盘餐尽废，然不可多食。多食则发风动气"，形容最妙。而金王若虚谓"山谷之诗，有奇而无妙"，尤为一语中的。后人学之，至于生硬晦涩，了无意味，固学者之过，亦其"无妙"者有以启之。虽不妙，其奇要不可没也。此当为山谷之定评矣。

秦观《次韵子由题摘星亭》

昆仑左右两招提，中起孤高雉堞西。不见烧香成宿雾，虚传裁锦作障泥。萤流花苑飞星乱，芜满春城绿发齐。长忆凭阑风雨后，断虹明处海天低。

张耒《牧牛儿》

牧牛儿，远陂牧，远陀牧牛芳草绿，儿怒掉鞭牛不触。涧边柳古南风清，麦深蔽目田野平。乌犍砺角逐草行，老特卧嚼饥不鸣。犊儿跳梁没草去，隔林应母时一声。老翁念儿自携饷，出门先上冈头望。日斜风雨湿蓑衣，拍手唱歌寻伴归。远村放牧风日薄，近村牧牛泥水恶。珠玑燕赵儿不知，儿生但知牛背乐。

晁补之《和关彦远》

海中群鱼化黄雀，林鸟移巢避岁恶，邺王城上秋风惊。昔时城中邺王第，只今蔓草无人行。但见黄河咆哮奔碣石，秋风吹滩起沙砾。翩翩动衣裳，游子悲故乡。忽忆若耶溪头采薪郑巨君。南风溪头晓，北风溪头昏。一行作吏，此事便废。梦中叶落，觉有归意。归与归与？吾党成斐然。君今生二毛，我亦非少年。胡为车如鸡栖邺城里。朝风吹马鬃，莫风吹马尾？与人三岁居，如何连屋似千里？我则不狂；曾谓吾狂。不吾知，亦何伤。安能户三尺喙家一吭？人亦有言，人各有志。吞若云梦者八九，长剑耿介倚天外。有如陈仲举，庭宇亦不治。吾乃今知贵不若贱无忧，富不若贫无求。负日之燠吾重裘；芹子之饮吾食牛；心战故臞，得道故肥吾封侯。匹夫怀璧将谁尤？归与归与？岂无扬雄宅一区。舍前青山木扶疏，舍后流水有菰蒲。今我不乐日月除，尺则不足寸有余。七十二钻莫能免豫且，无所可用乃有百岁樗。龚生竟夭天年非吾徒。

陈师道《次韵李推节九日登高》

平林广野骑台荒，山寺鸣钟报夕阳。人事自生今日意，寒花只作去年香。巾敧更觉霜侵鬓，语妙何妨石作肠？落木无边江不尽，此身此日更须忙？

黄庭坚《戏赠彦深》

李髯家徒四壁立，未尝一饭能留客。春寒茅屋交相风，倚墙扪虱读书策。老妻甘贫能养姑，宁剪发鬏不典书。大儿得餐不索鱼，小儿得袴不索襦。庚郎鲑菜二十七，太常斋日三百余。上一分膰一饱饭，藏神梦诉羊蹴蔬。世传寒士有食籍，一生当饭百瓮菹。冥冥主张审如此，附郭小圃宜勤锄。葱秧青青葵甲绿，早韭晚菘羹糁熟。充虚解战赖汤饼，芼以莳萝与甘菊。几日怜槐已著花，一心咒笋莫成粥。群儿笑髯穷百巧，我谓胜人饭重肉。群儿笑髯不若人，我独爱髯无事贫。君不见猛虎即人厌麋鹿，人还寝皮食其肉。濡须终与豕俱焦，饫肥食甘果非福。虫蚁无知不足惊，横目之民万物灵。请食熊蹯楚千乘，立死山壁汉公卿。李髯作人有佳处，李髯作诗有佳句。虽无厚禄故人书，门外犹多长者车。我读扬雄《逐贫赋》，斯人用意未全疏。

黄庭坚《登快阁》

痴儿了却公家事，快阁东西倚晚晴。落木千山天远大，澄江一道月分明。朱弦已为佳人绝,青眼聊因美酒横。万里归船弄长笛,此心吾与白鸥盟。

东坡流辈能诗者,尚有清江三孔文仲,字经父;武仲,字常父;平仲,字毅父;新淦人。嘉祐、治平中,相继登进士第。文仲仕至中书舍人。武仲至礼部侍郎。平仲至金部郎中。及文与可。名同,蜀人。第进士。仕至太常博士,集贤校理。元丰初,出守湖州,道卒。三孔诗文仲新奇,武仲幽峭,平仲夭矫孤警,在当日极负盛名。与可为东坡中表。东坡称其有四绝:诗一,《楚辞》二,草书三,画四也。然其余艺,皆为画名所掩。

孔武仲《瓜步阻风》

昨日焚香谒圣母,青山鞠躬如负弩。但乞天开万里明,扫去浮云戢风雨。谓宜言发即响报,岂知神不听我语?门前白浪如银山,江上狂风如怒虎。船痴橹硬不能拔,未免栖迟傍洲渚。轻盈但爱白鸥飞,颠顿可怜芳草舞。三江五湖历已尽,势合平夷反龃龉。上水歌呼下水愁,北船萦绊南船去。寄言南船莫雄豪,万事低昂如桔槔。我当卖剑买牲牢,再扫灵宇陈肩尻,黄金壶樽沃香醪。神喜借以南风高,扬帆拍手笑尔曹。不知流落何江皋,荒洲寂寥听怒号。

孔平仲《八月十六日玩月》

团团冰镜吐清晖,今夜何如昨夜时?只恐月光无好恶,自怜人意有盈亏。风摩露洗非常洁,地阔天空是处宜。百尺曹亭吾独有,更教玉笛倚栏吹。

文同《望云楼》

巴山楼之东,秦岭楼之北。楼上卷帘时,满楼云一色。

江西诗派之说,起自吕居仁。居仁,名本中,好问子,祖谦其孙也。居仁作《江西诗社宗派图》,自山谷而下,列陈师道、潘大临、字邠老,黄冈人。**谢逸**、字无逸,号溪堂,临川人。**洪刍**、字驹父,朋之弟,靖康中,仕至谏议大夫。后谪沙门岛以卒。**饶节**、字德操,抚州人。后为僧,号倚松道人。陆放翁称为当时诗僧第一。**僧祖可**、**徐俯**、字诗川,分宜人。《独醒杂识》谓汪藻之诗,得之徐俯,俯得之其舅黄庭坚。**洪朋**、字龟父,南昌人。山谷之甥。与弟刍、炎、羽号为四洪。**林敏修**、敏功弟。**洪炎**、字玉父。元祐末进士。仕至秘书少监。**汪革**、字信民,临川人。绍圣进士。**李錞**、**韩驹**、字子苍。蜀仙井监人。政和中召试,赐进士出身,累除中书舍人,出知江州。**李彭**、字商老,建昌人。**晁冲之**、字叔用,号具茨,开封人。**江端本**、字之开,开封人。**杨符**、**谢薖**、逸弟,字幼槃,号竹友。**夏倪**、字均父,蕲人。**林敏功**、字子仁,蕲春人。**潘大观**、字仲达,大临弟。**何顗**、字人表。王直方、僧善权、高荷字子勉,自号还还先生,京西人,元祐太学生,晚为童贯客,得兰州通判以终。二十五人,而以己为殿。其《序》云:"唐自李、杜之出,焜燿一世。后之言诗者,皆莫能及。至韩、柳、孟郊、张籍诸人,激昂奋厉终不能与前作者并。元和至国朝,歌诗之作,多依效旧文,未尽所趣。惟豫章始大而力振之,抑扬反复,尽兼众体。而后学者,同作并和。虽体制或异,要皆所传者一。予故录其名字,以遗来者。"《渔隐丛话》谓:"豫章自出机杼,别成一家。清新奇巧,是其所长。若言抑扬反复,尽兼众体,则非也。元和至今,骚翁墨客,代不乏人。观其英词杰句,真能发明古人所不到处,卓然成立者甚众。若言多依旧文,未尽所趣,又非也。所列二十五人,其间知名之士,有诗句传于世,为时所称道者,止数人而已。其余无闻矣。居仁此图之作,选择弗精,议论不公,予是以辩之。"刘后村亦云:"《宗派图》中,如陈后山,彭城人;韩子苍,陵阳人;潘邠老,黄州人;夏均父、二林,蕲人;晁叔用、江之开,开封人;李商老,南康人;祖可,京口人;高子勉,京西人;皆非江西人也。同时如曾文清,乃赣人,又与紫薇公以诗往还,而不入派,不知紫薇去取之意云何? 惜当日无人以此叩之。"案此图为居仁少日游戏之作,原不能据为定评。然苏、黄诗派,确能牢笼一代,而为宋诗之特色,则不可诬也。此为宋诗,其他皆与唐相出入。今录居仁及《宗派图》中人诗数首于下。

吕本中《读书》

老去有余业,读书空作劳。时闻夜虫响,每伴午鸡号。久静能忘病,因行得出遨? 胡为有百苦,膏火自煎熬。

吕本中《海陵病中》

病知前路资粮少,老觉生平事业非。无数青山隔沧海,与谁同往却同归?

谢逸《寄隐居士》

处士骨相不封侯,卜居但得林塘幽。家藏玉唾几千卷,手校韦编三十秋。相知四海孰青眼? 高卧一麾今白头。襄阳耆旧节独苦,只有庞公不入州。

韩驹《和李上舍冬日书事》

北风吹日昼多阴,日暮拥阶黄叶深。倦鹊绕枝翻冻影,飞鸿摩月堕孤音。推愁不去如相觅,与老无期稍见侵,愿借微官少年事,病来那复一分心?

晁冲之《书怀寄李相如》

秋风吹畦蔬,农事亦已阑。黄黄杞下菊,佳色尸冢间。我生复何如? 憔悴常照颜。清晨戴星出,薄暮及日还。肮脏二十载,老发羞儒冠。天末有佳人,秀擢如芝兰。忱然念夙昔,风流得余欢。缅想薄柳姿,与君同岁寒。一别事瓦裂,令人气如山。

江西流派衍于后者,则由曾吉甫以启南渡四大家,其最著者也。曾幾,字吉甫,赣人,徙居河南,高宗时官浙西提刑。以忤秦桧去位。居上饶之茶山,自号茶山居士。吉甫诗风骨高骞,而含蓄深远。昔人称其介乎豫章、剑南之间。盖有山谷之清新,而能变其生硬者。放翁为吉甫墓志,谓其诗以杜甫、黄庭坚为宗。四大家者:曰尤、杨、范、陆。方回《尤衰诗跋》:"中兴以来,言诗者,必曰尤、杨、范、陆。"尤衰,字延之,无锡人。光宗时,为礼部尚书。杨万里,字廷秀,号诚斋,吉水人。孝宗时,仕为秘书监。范成大,字致能,号石湖居士,吴县人。孝宗时参知政事。陆游,字务观,号放翁,山阴人。孝宗时,除枢密院编修。后出知衢、严二州。尤诗平淡隽永,于律尤胜。惜所传无多。杨诗才力最健,间杂俚语,殊见天机。石湖才调之健,不及诚斋,而亦无诚斋之粗豪;气象阔大,不及放翁,而亦无放翁之科臼。盖其初年,实沿溯中唐而下,故能追溯苏、黄,约以婉峭,自成一家也。然四家之中,要以放翁为第一;于七律,尤纵才力所至,为古今所不及。

曾幾《谢人分饷洞庭柑》

黄柑分似得尝新,坐我松江震泽滨。想见霜林三百颗,梦成罗帕一双珍。流云噀雾真成酒,带叶连枝绝可人。莫向君家樊素口,瓠犀微齼远山颦。

尤衰《入春半月未有梅花再用前韵》

立马黄昏绕曲池,几回踏雪问南枝。不应春到花犹未,定恐寒侵力不支。陇上已惊传信晚,樽前只想弄妆迟。临风不语空归去,独立无憀自咏诗。

杨万里《辛亥元日送张德茂自建康移帅金陵》

西湖一别忽三年,白首相从岂偶然。到得我来君恰去,正当腊后与春前。醉余犯雪追征帽,送了凭栏望去船。待把衣冠挂神武,看渠勋业上凌烟。

范成大《初归石湖》

晓雾朝暾绀碧烘,横塘西岸越城东。行人半出稻花上,宿鹭孤明菱叶中。信脚自能知旧路,惊心时复认邻翁。当时手种斜桥柳,无限鸣蜩翠扫空。

陆游《黄州》

局促尝悲类楚囚,迁流还叹学齐优。江声不尽英雄恨,天意无私草木秋。万里羁愁添白发,一帆寒日过黄州。君看赤壁终陈迹,生子何须似仲谋?

陆游《游山西村》

莫笑农家腊酒浑,丰年留客足鸡豚。山重水复疑无路,柳暗花明又一村。箫鼓追随春社近,衣冠简朴古风存。从今若许闲乘月,拄杖无时夜叩门。

陆游《书愤》

早岁那知世事艰,中原北望气如山。楼船夜雪瓜洲渡,铁马秋风大散关。塞上长城空自许,镜中衰鬓已先斑。《出师》一表真名世,千载谁堪伯仲间?

陆游《新夏感事》

百花过尽绿阴成,漠漠炉烟睡晚晴。病起兼旬疏把酒,山深四月始闻莺。近传下诏通言路,已卜余年见太平。圣主不忘初政美,小儒惟有涕纵横。

自《宗派图》出后,至宋末,而方回撰《瀛奎律髓》,选唐宋二代之诗,分为四十九类。所录皆五七言近体,故名"律髓"。又有一祖三宗之说。一祖者杜陵;三宗者,山谷、无己及陈简斋也。陈与义,字去非,号简斋,洛阳人。绍兴时为参政。简斋生少晚,故《宗派图》不之及。然靖康以后,北宋诗人略尽,而简斋岿然独存,实为苏、黄一派之后劲。其诗虽亦学苏、黄,而实以老杜为师。故能"以简严扫繁缛,以雄浑代尖巧","第其品格,实在同时诸家之上"。刘后村语。惟长篇少弱耳。

陈与义《夏日集葆真池上以绿阴生昼静赋诗得静字》

清池不受暑，幽讨起予病。长安车辙边，有此荷万柄。是身惟可懒，共寄无尽兴。鱼游水底凉，鸟语林间静。谈余日亭午，树影一时正。清风不负客，意重百金赠。聊将两鬓蓬，起照千丈镜。微波喜摇人，小立待其定。梁王今何许？柳色几衰盛？人生行乐耳，诗律已其剩。邂逅一尊酒，他年五君咏。重期踏月来，夜半啸烟艇。

理学家谓文以载道，以华而无实为大戒，于文尚不求其工，况于诗乎？然理之所至，时或发之于诗，亦有别趣，如邵尧夫之《击壤集》是也。《四库提要》："自班固作《咏史诗》，始兆论宗。东方朔作《诫子诗》，始涉理路。沿及北宋，鄙唐人之不知道，于是以论理为本，以修词为末，而诗格于是乎大变，此集其尤著者也。朱国桢《涌幢小品》曰：'佛语衍为寒山诗，儒语衍为《击壤集》，此圣人平易近人，觉世唤醒之妙用。'是亦一说。然北宋自嘉祐以前，厌五季佻薄之弊，事事反朴还淳。其人品，率以光明豁达为宗。其文章，亦以平实坦易为主。故一时作者，往往衍《长庆》余风。邵子之诗，其源亦出白居易，而晚年绝意世事，不复以文字为长。意所欲言，自抒胸臆，原脱然于诗法之外。毁之者务以声律绳之，固所谓缪伤海鸟，横斥山木。誉之者以为风雅正传，转相摹放，亦为刻画无盐，唐突西子，失邵子之所以为诗矣。况邵子之诗，不过不苦吟以求工，亦非以工为厉禁。如邵伯温《闻见前录》所载《安乐窝》诗曰：'半记不记梦觉后，似愁无愁情倦时。拥衾侧卧未欲起，帘外落花撩乱飞。'此虽置之江西派中，有何不可？而明人乃惟以鄙俚相高，又乌知邵子哉？"南渡以后，理学家能为歌诗者，以朱子之父乔年及刘屏山名子翚，字彦冲，崇安人。翰子，子羽弟也。朱子以父遗命，尝禀学焉。为最著。屏山与吕居仁、曾茶山、韩子苍游。诗境清远，绝似刘长卿。至朱子，则学力深厚，且游心汉、魏，一以雅正为宗。固非凡艳所能侪，尤非朴塞者所可拟矣。朱子尝言："欲抄取经史诸书所载韵语。及《文选》汉、魏古词，以尽乎郭景纯、陶渊明之所作，自为一编。而附于'三百篇'、《楚辞》之后，以为诗之根本准则。又于其下二等之中，择其近于古者，各为一编，以为之羽翼舆卫。其不合者，则悉去之，不使其接于耳目，入于胸次。要使方寸之中，无一字世俗言语意思，则其诗不期于高远而自高远矣。"案此言颇能通观古今，不徒别裁伪体也。

邵雍《插花吟》

头上花枝照酒卮，酒卮中有好花枝。身经两世太平日，眼见四朝全盛时。况复筋骸粗康健，那堪时节正芳菲。酒涵花影红光溜，争忍花前不醉归？

朱松《答林康民见和梅花诗》

寒庵人家碧溪尾，一树江梅卧清泚。仙姿不受凡眼污，风敛天香瘴烟里。向来休沐偶无事，谁从我游二三子。弯碕曲径一携手，冻雀惊飞乱英委。班荆劝客小延伫，酌酒赋诗相料理。多情入骨怜风味，依倚横斜嚼冰蕊。至今清梦挂残月，强作短歌传素齿。韵高常恨向(句)难称，赖有君诗清且美。天涯岁晚感乡物，归欤何时路千里。秪楼一笛雪漫空，回首江皋泪如洗。

刘子翚《闻筝》

月高夜鸣筝，声从绮窗来。随风更迢遆，萦云暂徘徊。余音若可玩，繁弦互相催。不见理筝人，遥知心所怀。宁悲旧宠弃，岂念新期乖？含情郁不发，寄曲宣余哀。一弹飞霜零，再抚流光颓。每恨听者希，银甲生浮埃。幽幽孤凤鸣，众鸟声难谐。盛年嗟不偶，况乃容华衰？道同符片诺，志异劳百媒。栖栖墙东客，亦抱凌云才。

朱熹《六月十五诣水公庵雨作》

云起欲为雨，中川分晦明。才惊横岭断，已觉疏林鸣。空际旱尘灭，虚堂凉思生。颓檐滴沥余，忽作流泉倾。况此高人居，地偏园景清。芳馨杂峭蒨，俯仰同鲜荣。我来偶兹适，中怀淡无营。归路绿浟潆,因之想岩耕。

朱熹《九日登天湖以菊花须
插满头归分韵赋诗得归字》

去岁潇湘重九时,满城寒雨客思归。故山此日还佳节,黄菊清尊更晚晖。短发无多休落帽,长风不断且吹衣。相看下视人寰小,只合从今老翠微。

朱熹《泛舟》

昨夜江边春水生,艨艟巨舰一毛轻。向来枉费推移力,此日中流自在行。

永嘉、永康两派,较重文辞。永嘉后学,以文名者尤多。水心之学,于伊、洛最多异同;而其诗亦宗法晚唐,卓然自立于江西派之外。豪杰之士,固不随风气为转移哉!水心之后有四灵,徐照,字道辉,一字灵辉。徐玑,字文渊,一字致中,号灵渊。翁卷,字续古,一字灵舒。赵师秀,字紫芝,一字灵秀。皆永嘉人。人以其字号皆有灵字,称之为永嘉四灵。诗格皆清而不高,稍开《江湖集》一派矣。

叶适《游小园不值》

应嫌屐齿印苍苔,十叩柴扉九不开。春色满园关不住,一枝红杏出墙来。

徐玑《春日游张提举园池》

西野芳菲路,春风正可寻。山城依曲渚,古渡入修林。长日多飞絮,游人爱绿阴。晚来歌吹起,惟觉画堂深。

赵师秀《岩居僧》

开扉在石层,尽日少人登。一鸟过寒木,数花摇翠藤。茗煎冰下水,香炷佛前灯。吾亦逃名者,何因似此僧?

《江湖集》者,宋末陈起所刻。起,字宗之,临安人。设书肆于睦亲坊。世所传宋本书,称"临安陈道人家开雕"者是也。起亦能诗,一时江湖诗人,多与之善。乃汇所得,刊为是书。在当时盖随得随刻,故世所传本,名称猥多,卷帙多少亦不一。《四库》据以著录之本,凡九十五卷,六十二家。又据《永乐大典》所载,为是本所无者,辑为《江湖后集》,凡四十七家。又诗余二人,都四十九家。其名俱见《四库提要》。《提要》曰:方回《瀛奎律髓》曰:宝庆初,史弥远废立之际,钱塘书肆陈起宗之能诗。凡江湖诗人,俱与之善。刊《江湖集》以售。刘潜夫《南岳稿》亦与焉。宗之赋诗有云:秋雨梧桐皇子府,春风杨柳相公桥。本改刘屏山句也。或嫁秋雨春风句为敖器之所作。言者并潜夫《梅诗》论列,劈《江湖集》板,二人皆坐罪,而宗之坐流配。于是诏禁士大夫作诗。绍定癸巳,弥远死,诗禁乃解。今此本无刘克庄《南岳稿》。且弥远死于绍定六年,而此本诸集,多载端平、淳祐、宝祐,纪年反在其后。又张端义《贵耳集》,自称其《挽周晋仙诗》载《江湖集》中,而此本无端义诗。又周密《齐东野语》载宝庆间,李知孝为言官,与曾极景建有隙,欲寻衅以报之。适极有春诗曰:九十日春晴日少,一千年事乱时多。刊之《江湖集》中。因复改刘子翚《汴京纪事》一联云:秋雨梧桐皇子宅,春风杨柳相公桥。以为指巴陵及史丞相。及刘潜夫《黄巢战场诗》曰:未必朱三能跋扈,只缘郑五欠经纶。皆指为谤讪。同时被累者,如敖陶孙、周文璞、赵师秀,及刊诗陈起,皆不免焉。而此本无曾极诗,亦无赵师秀诗。且洪迈、姜夔,皆孝宗时人。而迈及吴渊,位皆通显,尤不应列之江湖。疑原本残阙,后人缀拾补缀,已非陈起之旧矣。又曰:起书刻非一时,版非一律。故诸家所藏,少或二十八家,多至六十四家。辗转传钞、真赝错杂,莫详孰为原本。今检《永乐大典》所载,有《江湖集》,有《江湖前集》,有《江湖后集》,有《江湖续集》,有《中兴江湖集》诸名。其接次刊刻之迹,略可考见。案此书既系接次刊刻,而在当时又经一文字狱,固宜其传本之错杂也。《提要》谓"宋末诗格卑靡,所录不必尽工。惟南渡后诗家,姓氏不显者,多赖是书以传"耳。今案宋之末造,盖为江西派穷而思变之时。四灵与江湖派皆是也。此未尝非自然之势,特两派之才力,皆未能自振拔耳。今录陈起诗一首于下，以见所谓江湖派者之面目焉。

陈起《湖上即事》

　　波光山色雨盈盈，短策青鞋信意行。荒草烟开遥认鹭，柳条春蚤未藏莺。谁家艳饮歌初歇？有客孤舟笛再横。风景无穷吟莫尽，且将酤酊乐浮生。

　　列名《江湖集》中者，刘克庄、戴复古，诗笔皆颇清健。戴复古，字式之，号石屏，天台人。克庄《冬日》诗云："晴窗早觉爱朝曦，竹外秋声渐作威。命仆安排新暖阁，呼童熨帖旧寒衣。叶浮嫩绿酒初熟，橙切香黄蟹正肥。蓉菊满园皆可羡，赏心从此莫相违。"复古《江村晚眺》云："江头落日照平沙，潮退鱼舠阁岸斜。白鸟一双临水立，见人惊起入芦花。"皆有气韵，与专学晚唐，力弱而不能自举者异矣。又方秋崖，在宋末诗人中，诗亦清俊可喜。如《泊歇浦》云："人行秋色里，雁落客愁边。"《梦寻梅》云："马蹄残雪六七里，山觜有梅三四花。"乃真晚唐佳句。非貌似清新，而实陈陈相因者比也。戴氏为放翁门人，方回极称之，盖非囿于江湖派者。

　　四灵、江湖，虽皆不能自振，而宋之亡，一二孤臣遗老，颇有雄奇之概，幽怨之思，足以抗手作家者，此则时会为之也。宋末诸臣，精忠义烈最著者，当推文文山及谢叠山。文山诗学杜陵，浑灏流转。《正气》一歌，久为世所传诵，他作亦能称是。叠山之作，则清寒淡远，自饶逸致。遗民中如谢皋羽名翱，一字皋父，长溪人。自号晞发道人。诗极奇崛，林霁山诗极缠绵，霁山，名景熙，平阳人。又有郑所南、名思肖，字忆翁，连江人。真山民、汪元量等。虽诗格或异，而所感则同，不无危苦之辞，惟以悲哀为主。其气格，实非南宋末造江湖诗人所及云。元量，号水云。宋亡，为黄冠。往来匡庐、彭蠡间。山民始末不可考。或云：李生乔尝叹其不愧乃祖文忠西山。真德秀号西山，谥文忠，因疑为德秀后。或又谓本名桂芳，括苍人，尝登进士第云。

文天祥《重阳》

风卷车尘弄晓寒，天涯流落寸心丹。去年醉与茱萸别，不把今年作健看。

谢枋得《庆全庵桃花》

寻得桃源好避秦，桃红又是一年春。花飞莫遣随流水，怕有渔郎来问津。

谢翱《秋夜词》

愁生山外山，恨杀树边树。隔断秋月明，不使共一处。

林景熙《京口月夕书怀》

山风吹酒醒，秋入夜灯凉。万事已华发，百年多异乡。远城江气白，高树月痕苍。忽忆凭楼处，淮天雁叫霜。

论诗论文之作，皆至宋而渐多。宋人诗话，传于今者尤夥。其著者，如欧阳修之《六一诗话》、刘攽之《中山诗话》、陈师道之《后山诗话》、吕本中之《紫薇诗话》、叶梦得之《石林诗话》、杨万里之《诚斋诗话》、周必大之《二老堂诗话》等。其采撷最富者，当推胡仔之《苕溪渔隐丛话》、魏庆之之《诗人玉屑》。胡书采撷北宋诗话，魏书采撷南宋诗话略备。然多东鳞西爪之谈，能确立一家宗旨者甚罕。有之者，其惟严羽之《沧浪诗话》乎？羽，字仪卿，一字丹丘，自号沧浪逋客，邵武人。案宋末，江西派之诗，发泄已尽，渐流于粗犷直率，浸至入于空滑，其道已穷。四灵江湖，又浅薄不足效。欲振起之，计惟有返诸浑厚超妙之境。此诗家之正路，亦当时主持风会者应有之义也。羽之论诗也，曰："论诗如论禅。汉、魏、晋、盛唐之诗，第一义也。大历已还，已落第二义矣。晚唐之诗，则声闻辟支果也。""禅道惟在妙悟。诗道亦在妙悟。孟襄阳学力下韩退之远甚，而诗出退之上者，妙悟故也。"又曰："诗有别材，非关书也。诗有别趣，非关理也。而古人未尝不读书，不穷理，所谓不涉理路，不落言筌者上也。诗者,吟咏情性也。盛唐诗人,惟在兴趣。羚羊挂角,无迹可求。故其妙处,莹澈玲珑,不可凑泊。如空中之音,相中之色,水中之月,镜中之象,言有尽而意无穷。近代诸公,作奇特解会。以文字为诗,以议论为诗,以才学为诗。以是为诗,夫岂不工?终非古人之诗也。"其于江西及四灵等,皆深致其不满焉。案一种文字,皆有其初起及极盛之时,过此则其道已穷,不得不为逾分之发泄。至于此,则菁华竭而真意漓矣。自六朝以前,皆可谓诗之初期。如旭日方升,未臻极盛。至于盛唐,而如日中天矣。中晚以降,不得不渐趋于薄者,势也。厌其薄而更趋于别一途,举昔人所蕴而不发者,而一泄无余焉,则宋诗是也。既已发泄务尽,而又欲挽而返之于浑涵之境,于理于势,皆有所不能。沧浪之论,非不正也。然率其道而行之,不为明七子之貌袭,则为王渔洋之神韵耳。然其说虽不能行,而分别诗境之高下,则确是不易之论。得其说而存之,于文学之批评,固不无裨益也。

五、宋代之词曲

诗当分广狭二义：狭义之诗，即向所谓诗者是；凡词曲等皆在其外。广义之诗，则凡可歌可谣者皆属焉。合乐曰歌，徒歌曰谣。○音乐本于人声，歌即谣之配以乐器者耳。谣与诵实无区别。凡可诵者，即是可谣。故如诗与词等，在今日虽不可歌，仍不得诋之为死文学也。《史记》称："《诗》三百五篇，孔子皆弦歌之，以求合韶武雅颂之音。"《汉书》谓："孟春之月，行人振木铎徇于路以采诗。献之太师。比其音律，以闻于天子。"《食货志》。可见古之诗，皆可合乐。然至汉世，古乐已不为人所好。虽有制氏雅乐，莫能用而别立乐府，采赵、代、秦、楚之讴，使李延年协其律，司马相如等为之辞。于是合乐之诗，一变而为汉代之乐府。四言五言之诗，皆成为文章之事。魏晋以降，汉世乐府，音律又渐失传。而外国之乐输入。唐时，乃有雅乐、清乐、燕乐之分。雅乐即古乐。清乐者，汉之乐府，及南朝长江一带之歌曲，隋平陈得之，置清商署以总之者也。燕乐即外国输入之乐。见沈括《梦溪笔谈》。燕乐日盛，而雅乐、清乐，遂以式微。唐人绝句皆可歌，盖犹是梁陈之旧。《唐书·乐志》："平调、清调、瑟调，皆周房中曲遗声，汉世谓之三调。"唐李白犹有《清平调》。然及宋世，则绝句之可歌者渐希；播诸管弦者，莫非长短句矣。《苕溪渔隐丛话》曰："唐初歌舞辞，多是五言诗或七言诗，初无长短句。自中叶以后至五代，渐变成长短句。及本朝则尽为此体。今所存止《瑞鹧鸪》《小秦王》二阕，是七言八句诗，并七言绝句诗而已。《瑞鹧鸪》犹依字易歌；若《小秦王》，必须杂以虚声，乃可歌耳。"词牌有以甘州、凉州名者，足征其出于燕乐，而为来自外国之新声也。《容斋随笔》曰："唐曲以州名者五：伊、凉、熙、石、渭是也。"此为中国合乐之诗之又一变。而汉、魏以来之乐府，又变为文章之事。王灼《碧鸡漫志》曰："隋取汉以来乐器歌章古调，并入清乐，余波至李唐始绝。唐中叶虽有古乐府，而播在声律则鲜矣。士大夫作者，不过以诗之一体自名耳。盖隋以来，今之所谓曲子者渐兴。至唐稍盛。今则繁声淫奏，殆不可数。古歌变为古乐府，古乐府变为今曲子，其本一也。"

　　宋之词，流衍而为元、明、清三朝之曲。曲之盛也，传播于山巅海涯。几于有井水饮处，即有能歌之者。斯时宋人之词，已不可歌，而变为文章之事。然词曲异流同源。曲可歌，则词之大宗虽亡，而其支子未绝也。乃自洪、杨以后，皮簧日盛，自宋词累变之昆曲又微。今日好斯道者，虽犹欲辅弱扶微，然大势所趋，恐终于不可复挽。自今以后，词曲其又将脱离音乐，而成为文章之事乎？世之笃旧者，恒指当日流传之音乐为鄙俗，而称其垂绝者为雅音。其喜新者，则又执可歌者为活文学，而目与乐离者为死文学。其实皆非也。诗本于声，广义之诗。必声变，诗乃能与之俱变。而声变，诗即不得不随之而变。声之变，出于势之自然而无如何；则诗之变，亦出于势之自然而无如何。无所谓新者俗，旧者雅也。然社会事物，由简趋繁。始焉出自民众之讴吟、来自外国之歌曲者，及其既成为当时之乐调，文人学士，遂能按其调而为之辞，而辞与乐遂析为两事。迨其音律已佚，而辞句犹存；可歌之诗，虽有新者代兴，而旧者仍系存为文章之事，亦势之出于自然而无足怪者也。雅俗之争，死活之论，皆不免各执一端耳。

　　陈无己《后山丛谈》云："文元贾公，居守北都。欧阳永叔使北还。公豫戒官妓,办词以劝酒。妓唯唯。复使都厅召而喻之,妓亦唯唯。公怪叹,以为山野。既燕,妓奉觞,歌以为寿。永叔把盏侧听,每为引满。公复怪之,召问,所歌皆其词也。"又《诗话》云:"柳三变游东都南北二卷,作新乐府,骫骳从俗,天下咏之。遂传禁中。仁宗颇好其词。每对酒,必使侍妓歌之再三。三变闻之,作宫词《醉蓬莱》,因内官达后宫,且求其助。仁宗闻而觉之,自是不复歌其词矣。"蔡絛《铁围山丛谈》云:"宣和初,燕乐初成,八音告备。因作徵招角招。有曲名《黄河清慢》者,音调极韶美。晁次膺作此词,天下无问遐迩大小,虽伟男髫女,皆争唱之。"元陆友《研北杂志》曰:"小红,范成大青衣也。有色艺。成大请老,姜夔诣之。一日,授简徵新声。夔制《暗香》《疏影》两曲。成大使二妓歌之,音节清婉。成大寻以小红赠之。其夕,大雪。过垂虹,赋诗曰:'自喜新词韵最娇,小红低唱我吹箫。曲终过尽松陵路,回首烟波十里桥。'夔喜自度曲,吹洞箫,小红歌而和之。"此皆宋词可歌之证也。此等证据尚多,今特略引数则耳。一时代有一时代之文学。如唐之诗,宋之词,元之曲,后人刻意为之,才力未必遂逊其时之人,其所费之功力,或且倍蓰,然终不能至其境。无他,在其时则情文相生,天机与人工相凑泊;易一时则人力虽劬,天机终有所不逮也。此宋代之词,所以独有千古也。

　　宋代词人之首出者,当推晏殊。字同叔,临川人。七岁能属文。真宗以神童召试,赐进士出身,仁宗时为相。卒,字元献。殊子幾道,字叔原,号小山。亦能为词。次则欧阳修。刘攽《中山诗话》,谓殊酷爱冯延巳词,所作亦不减延巳,而欧公所作《蝶恋花》一阕,或与延巳所作相混。盖皆承五代之余风者也。至柳永出而词乃一变。

晏殊《踏莎行》

　　小径红稀,芳郊绿遍,高台树色阴阴见。春风不解禁杨花,蒙蒙乱扑行人面。　翠叶藏莺，珠帘隔燕，炉香静逐游丝转。一场愁梦酒醒时，斜阳却照深深院。

晏幾道《临江仙》

梦后楼台高锁，酒醒帘幕低垂。去年春恨却来时。落花人独立，微雨燕双飞。　记得小蘋初见，两重心字罗衣。琵琶弦上说相思。当时明月在，曾照彩云归。

欧阳修《蝶恋花》

庭院深深深几许？杨柳堆烟，帘幕无重数。玉勒雕鞍游冶处，楼高不见章台路。　雨横风狂三月暮，门掩黄昏，无计留春住。泪眼问花花不语，乱红飞过秋千去。

一种歌辞之初兴，大抵与里巷讴吟相近。取径极狭，而含意甚深。故能如大羹玄酒，味之不尽。一再传后，文人学士，相率为之。肆其才力之所至，拓境日恢，真意反日漓矣。此犹花之含蕊与盛开，绚烂极时，衰谢之机，即已潜伏。此文章升降之大原，不可不察也。词境展拓，厥惟小令进为慢词。谓长调。张炎《乐府余论》曰："慢词起仁宗朝。中原息兵，汴京繁庶。歌台舞榭，竞赌新声。柳永以失意无俚，流连坊曲。遂尽取俚言俗语，编入词中，以便伎人传习。一时动听，散播四方。其后苏轼、秦观、黄庭坚等，相继有作，慢词遂盛。"案小令专于比兴，慢词则兼有赋矣。此其拓境之所以日恢，亦其真意之所以日漓也。叶梦得《避暑录话》谓："尝见一西夏归朝官，言凡有井水饮处，即能歌柳词。"其流传则可谓广矣。柳永，初名三变，字耆卿，崇安人。官至屯田员外郎，故世称为柳屯田。

柳永《八声甘州》

对潇潇暮雨洒江天，一番洗清秋。渐霜风凄紧，关河冷落，残照当楼。是处红衰绿减，冉冉物华休。惟有长江水，无语东流。　不忍登高临远，望故乡渺邈，归思难收。叹年来踪迹，何事苦淹留？想佳人妆楼长望，误几回、天际识归舟。争知我，倚阑干处，正恁凝愁。

与永并时者为张先。字子野，乌程人，官至都官郎中。《古今诗话》："有客谓子野曰：'人皆谓公张三中，即心中事，眼中泪，意中人也。'公曰：'何不目之为张三影乎？'客不解。公曰：'云破月来花弄影；娇柔懒起，帘押卷花影；柳径无人，堕飞絮无影。'皆公得意句也。"故又有张三影之称。三影词甚秀，近柳永。

张先《青门引》

乍暖还轻冷，风雨晚来方定。庭轩寂寞近清明，残花中酒，又是去年病。　楼头画角风吹醒，入夜重门静，那堪更被明月，隔墙送过秋千影？

东坡之词，亦自成一派。《四库提要》曰："词自晚唐五代以来，以清切婉丽为宗。至柳永而一变，如诗家之有白居易。至轼而又一变，如文家之有韩愈。"此皆文章境界将变，而一二人会逢其适，非必其才力之果特异于众人也。东坡词最有名者，为《念奴娇》大江东去及《水调歌头》明月几时有两首。《念奴娇》一阕，殊近粗豪；《水调歌头》一阕，则设想高奇，寄情幽渺，诚非他家所有，足见苏公之本色也。

苏轼《水调歌头》

明月几时有？把酒问青天。不知天上宫阙，今夕是何年。我欲乘风归去，又恐琼楼玉宇，高处不胜寒。起舞弄清影，何似在人间。　转朱阁，低绮户，照无眠。不应有恨，何事偏向别时圆？人有悲欢离合，月有阴晴圆缺，此事古难全。但愿人长久，千里共婵娟。

《后山诗话》曰："退之以文为诗，子瞻以诗为词，如教坊雷大使之舞，虽极天下之工，要非本色。今代词手，惟秦七、黄九耳，他人不能逮也。"山谷好以俗语入词，《四库提要》讥其"亵诨不可名状。甚至用*躠字屡字*等，为字书所不载"。案此等在当时，皆自有其趣味，此正词之所以异于诗，不容以此为难。然俗语之趣味，不在亵诨。亵诨之词，在俗语文学中，亦为下乘。山谷之词，确有过于亵诨者。如《望远行》《少年心》等阕是。此等实不足法，不容以主张平民文学而右之也。诗词可用俗语，俗语不皆可为诗词。试观民间歌谣，用语亦有选择，非凡出诸口者，皆可用为歌谣可知。

黄庭坚《鼓笛令》

酒阑命友闲为戏。打揭儿、非常惬意。各自输赢只赌是。赏罚采，分明须记。　小五出来无事，却跋翻和九底。若要十一花下死，那管十三，不如十二。

《坡仙集外纪》："东坡问陈无己：'我词何如少游？'无己曰：'学士小词似诗，少游诗似小词。'"此论殊的。淮海诗笔，较苏、黄为弱。词则情韵兼胜，非苏黄所能逮也。

秦观《望海潮》

梅英疏淡，冰澌溶泄，东风暗换年华。金谷俊游，铜驼巷陌，新晴细履平沙。长记误随车。正絮翻蝶舞，芳思交加。柳下桃蹊，乱分春色到人家。　西园夜饮鸣笳，有华灯碍月，飞盖妨花。兰苑未空，行人渐老，重来事事堪嗟。烟暝酒旗斜。但倚楼极目，时见栖鸦。无奈归心，暗随流水到天涯。

同时能为词者，尚有晁补之、陈去非、李之仪、程垓。晁无咎词神姿高秀，颇近东坡。去非《无住词》仅十八阕，然亦颇峻拔。之仪《姑溪词》，小令清婉，近于淮海。垓为东坡中表，所传《书舟词》，长调亦颇豪纵云。李之仪，字端叔，无棣人，元丰进士。垓，字正伯，眉山人。

程垓《水龙吟》

夜来风雨匆匆，故园定是花无几。愁多怨极，等闲孤负，一年芳意。柳困桃慵，杏青梅小，对人容易。算好春长在，好花长见，元只是，人憔悴。　回首池南旧事，恨星星，不堪重记。如今但有，看花老眼，伤时清泪。不怕逢花瘦，只愁怕老来风味。待繁红乱处，留云借月，也须拼醉。

北宋词人，负盛名者，尚有贺方回。名铸，卫州人，孝惠皇后族孙，晚自号庆湖遗老。方回词幽婉凄丽，山谷、文潜均极称之。其《青玉案》词，有"一川烟草，满城风絮，梅子黄时雨"之句，为时所传诵。人因称为贺梅子。或谓方回词意境不求甚深，读者悦其轻倩，渐失"拙""大""重"三要。清代浙派之但事绮藻韵致，方回实开其源云。

贺铸《小重山》

枕上闻门报五更，蜡镫香炖冷。恨天明，雪藕风转移帆旌。桥头燕，多谢伴人行。　临镜想倾城，两尖眉黛浅，泪波横。艳歌重记遣离群。缠绵处，翻是断肠声。

北宋词虽可歌，然词人所作，亦未必尽协律。填词之与知音，究为二事也。惟周美成名邦彦，钱塘人，徽猷阁待制。妙解音律，《宋史》称其"好音乐，能自度曲"。所制诸调，不独平仄宜遵，即上去入三音，亦不容相混。当时有方千里者，尝和美成之《清真词》一卷。——按谱填腔，不敢稍有出入，足见其法度之谨严矣。美成长篇，铺叙最工；短篇亦凄婉凝重，实北宋一大家也。

周邦彦《六丑》

正单衣试酒，怅客里光阴虚掷。愿春暂留，春归如过翼，一去无迹。为问家何在？夜来风雨，葬楚宫倾国。钗钿坠处遗香泽，乱点桃蹊，轻翻柳陌。多情更谁追惜？但蜂媒蝶使，时叩窗槅。　东园岑寂，渐蒙笼暗碧。静绕珍丛底，成叹息。长条故惹行客。似牵衣待话，别情无极。残英小，强簪巾帻。终不似一朵，钗头颤袅，向人敧侧。漂流处，莫趁潮汐。恐断红尚有相思字，何由见得。

周邦彦《满庭芳·夏日溧水无想山作》

风老莺雏，雨肥梅子，午阴嘉树清圆。地卑山近，衣润费炉烟。人静乌鸢自乐，小桥外、新绿溅溅。凭阑久，黄芦苦竹，拟泛九江船。　年年，如社燕，漂流瀚海，来寄修椽。且莫思身外，长近尊前。憔悴江南倦客，不堪听、急管繁弦。歌筵畔，先安枕簟，容我醉时眠。

周邦彦《少年游》

并刀如水，吴盐胜雪，纤指破新橙。锦幄初温，兽香不断，相对坐调笙。　低声问：向谁行宿，城上已三更。马滑霜浓，不如休去，直是少人行。

宋代为词学极盛之世，帝王、将相、释子、羽流、妇人、孺子，无不解者。今为众所传诵者，特其尤著者耳。诸帝王中，徽宗尤为文采风流。虽为荒淫亡国之君，其文学自不可没也。其于倚声，实足与南唐二主媲美。世传其《燕山亭》一词，乃其迁北后作，促节曼声，两尽其妙。

宋徽宗《燕山亭》

裁剪冰绡，轻叠数重，冷淡胭脂匀注。新样靓妆，艳溢香融，羞杀蕊珠宫女。易得凋零，更多少无情风雨。愁苦，问院落凄凉，几番春暮。　凭寄离恨重重，这双燕何曾，会人言语。天遥地远,万水千山,知他故宫何处。怎不思量,除梦里有时曾去。无据,和梦也新来不做。

北宋女词人,则有李易安。易安名清照,自号易安居士,济南人,格非女。嫁为湖州守赵明诚妻,夫妇皆擅学问,长诗文,精金石,诚一代之才媛也。易安诗笔稍弱,词则极婉秀。且亦妙解音律,所作词,无一字不协律者,实倚声之正宗,非徒以闺阁见称也。

李清照《壶中天慢》

萧条庭院,又斜风细雨,重门须闭。宠柳娇花寒食近,种种恼人天气。险韵诗成,扶头酒醒,别是闲滋味。征鸿过尽,万千心事难寄。　楼上几日春寒,帘垂四面,玉阑干慵倚。被冷香消新梦觉,不许愁人不起。清露晨流,新桐初引,多少游春意。日高烟敛,更看今日晴未。

南宋大家,当首推辛稼轩。辛弃疾,字幼安,号稼轩居士,历城人。耿京聚众山东,弃疾为掌书记,劝京奉表归宋。张安国杀京降金。弃疾趋金营,缚以归,献俘行在。孝宗时,以大理少卿,出为湖南安抚,治军有声。德祐时,追谥忠敏。世以与东坡并称,谓之苏、辛,其实稼轩非坡翁之伦也。东坡之词,似山谷之诗,非不清俊,终非当家。稼轩则含豪邈然,字字协律。谭仲修评南唐后主帘外雨潺潺一首曰:"雄奇幽怨,乃兼二难。后起稼轩,稍逊父矣。"此自时代为之。若以苏、辛相较,则东坡不免稍有伧气,稼轩则"端庄杂流丽,刚健含婀娜"矣。今录其词三首如下,以见一斑。

摸 鱼 儿

更能消几番风雨,匆匆春又归去。惜春长怕花开早,何况落红无数? 春且住,见说道天涯芳草无归路。怨春不语。算只有殷勤,画檐蛛网,尽日惹飞絮。　长门事,准拟佳期又误,蛾眉曾有人妒。千金纵买相如赋，脉脉此情谁诉？君莫舞，君不见玉环飞燕皆尘土。闲愁最苦。休去倚危阑，斜阳正在，烟柳断肠处。

永遇乐·京口北固亭怀古

千古江山，英雄无觅，孙仲谋处。舞榭歌台，风流总被雨打风吹去。斜阳草树，寻常巷陌，人道寄奴曾住。想当年，金戈铁马，气吞万里如虎。 元嘉草草，封狼居胥，赢得仓皇北顾。四十三年，望中犹记，灯火扬州路。可堪回首？佛狸祠下，一片神鸦社鼓。凭谁问，廉颇老矣，尚能饭否？

菩 萨 蛮

郁孤山下清江水，中间多少行人泪？西北是长安，可怜无数山。 青山遮不住，毕竟东流去。江晚正愁余，山深闻鹧鸪。

刘改之名过，庐陵人，有《龙洲词》。当光、宁二宗时，以诗游历江湖。尝客稼轩，填词亦善为壮语。又有杨炎者，亦与稼轩相唱和。其排奡之气，不及稼轩，而屏绝纤秾，自抒清俊，亦非凡艳可拟。此外叶梦得之《石林词》，梦得，字少蕴，号石林，吴县人。绍圣进士。徽宗时翰林学士。高宗时，数陈拒敌之策。尝为江东安抚大使。李弥逊之《筠溪乐府》，弥逊，字鲁卿，吴县人。大观进士。亦皆豪放一派。葛胜仲字鲁卿，丹阳人。绍圣进士。常与梦得唱和，其词格亦相出入云。

刘过《贺新郎》

老去相如倦，向文君，说似而今，怎生消遣？衣袂京尘曾染处，空有香红尚软。料彼此魂消肠断。一枕新凉眠客舍，听梧桐疏雨秋风颤。灯晕冷，记初见。 楼低不放珠帘卷。晚妆残，翠蛾狼藉，泪痕凝脸。人道愁来须殢酒，无奈愁深酒浅。但托意焦琴纨扇。莫鼓琵琶江上曲，怕荻花枫叶俱凄怨。云万叠,寸心远。

叶梦得《贺新郎》

睡起啼莺语。掩苍苔,房栊向晚,乱红无数。吹尽残花无人见,惟有垂杨自舞。渐暖霭初回轻暑。宝扇重寻明月影,暗尘侵上有乘鸾女。惊旧恨,遽如许。　　江南梦断横江渚。浪粘天,葡萄涨绿,半空烟雨。无限楼前沧波意,谁采苹花寄取?但怅望兰舟容与。万里云帆何时到,送孤鸿目断千山阻。谁为我,唱金缕。

南宋词家,妙解音律者,无如姜白石。名夔,字尧章,鄱阳人。居吴兴武康,与白石洞天为邻,自号白石道人。白石师诚斋弟子萧千岩,诗亦古雅,然不如其词之有名。宋代词虽可歌,而皆无谱。以人人知之,不待此也。不意年湮代远,歌谱竟因此失传。惟白石曲调,多由自创,故皆自注谱。今所传《白石道人歌曲》是也。惜皆用宋时俗字,又杂以节拍符号,今人仍不能解。然宋代歌谱,独赖此篇之存。将来音乐大昌,安知不有悬解之士,据陈编而悟其法?则此书亦可宝矣。白石词格高秀。张叔夏称其"如野云孤飞,去来无迹"。读所制《暗香》《疏影》二曲,寄意深远,诚不愧此言也。

姜夔《暗香·石湖咏梅》

旧时月色,算几番照我,梅边吹笛。唤起玉人,不管清寒与攀摘。何逊而今渐老,都忘却春风词笔。但怪得,竹外疏花,香冷入瑶席。　　江国,正寂寂。叹寄与路遥,夜雪初积。翠尊易泣,红萼无言耿相忆。长记曾携手处,千树压西湖寒碧。又片片吹尽也,几时见得。

姜夔《疏影》

苔枝缀玉,有翠禽小小,枝上同宿。客里相逢,篱角黄昏,无言自倚修竹。昭君不惯胡沙远,但暗忆江南江北。想佩环月夜归来,化作此花幽独。 犹记深宫旧事,那人正睡里,飞近蛾绿。莫似春风,不管盈盈,早与安排金屋。还教一片随波去,又却怨玉龙哀曲。等恁时,重觅幽香,已入小窗横幅。

白石而外,南宋词家著称者,为吴文英、字君特,号梦窗,庆元人。史达祖、字邦卿,号梅溪,开封人。高观国、字宾王,山阴人。王沂孙、字圣与,号碧山,会稽人。张炎、字叔夏,号玉田,又号乐笑翁。俊五世孙。家于临安。宋亡,不仕。周密、字公谨,号草窗,又号萧斋,济南人。流寓吴兴,亦号弁阳啸翁。淳祐中,为义乌令。宋亡,不仕。蒋捷字胜欲,号竹山,宜兴人,德祐进士。宋亡,不仕。诸家。梦窗亦南宋大家,惟其词颇重修饰,故沈嘉泰谓其"用事下语太晦处,人不能知"。张叔夏亦谓其词"如七宝楼台,拆下来不成片段"。然梦窗亦非不讲气格者,观下录两词可知。不得以偏有文采,没其所长也。

忆旧游·别黄澹翁

送人犹未苦,苦春随人去天涯。片红都飞尽,阴阴润绿,暗里啼鸦。赋情顿雪霜鬓,飞梦逐尘沙。叹病渴凄凉,分香瘦减,两地看花。 西湖断桥路,想系马垂杨,依旧欹斜。葵麦迷烟处,问离巢孤燕,飞过谁家。故人为写深怨,空壁扫秋蛇。但醉上吴台,残阳草色归思赊。

唐 多 令

何处合成愁? 离人心上秋。纵芭蕉不雨也飕飕。都道晚凉天气好,有明月,怕登楼。 年事梦中休。花空烟水流。燕辞归客尚淹留。垂柳不萦裙带住,漫长是,系行舟。

词至白石,而句琢字炼,始极其工。竹屋、高宾王词,名《竹屋痴语》。梅溪,实其羽翼。玉田称其"格调不凡,句法挺异。俱能特立清新之意，删削靡曼之辞"，其品格可想矣。然清代之高谈北宋者颇薄之，谓白石脱胎稼轩，变雄健为清刚，易驰骤以跌宕。看似高格，不耐细思。门径浅狭，徒便摹仿。史、高二家，所造又视白石为浅。至张叔夏，则把缆放船，更无阔手段。能换字而不能换意，专在字句上著工夫。较之前人，弥为不逮矣。案文字后起弥工，亦以工故，渐失浑涵朴厚之意，此随世运迁流，无可如何之事。就其时而论其词，此诸人者，固亦卓然名家也。玉田、竹山、碧山、草窗，皆当革易之时，目睹陆沈之痛，故多激楚之音。以韵致论，碧山似最胜。以魄力论，玉田实最雄也。

高观国《菩萨蛮》

春风吹绿湖边草，春光依旧湖边道。玉勒锦障泥，少年游冶时。　烟明花似绣，且醉旗亭酒。斜日照花西，归鸦花外啼。

史达祖《绮罗香·春雨》

做冷欺花，将烟困柳，千里偷催春暮。尽日冥迷、愁里欲飞还住。惊粉重蝶宿西园，喜泥润燕归南浦。最妙他，佳约风流，钿车不到杜陵路。　沈沈江上望极，还被春潮晚急，难寻官渡。隐约遥峰，和泪谢娘眉妩。临断岸新绿生时，是落红带愁流处。记当日，门掩梨花，剪灯深夜语。

王沂孙《高阳台》

残雪庭除，轻寒帘影，霏霏玉管春葭。小帖金泥，不知春是谁家？相思一夜窗前梦，奈个人水隔天遮。但凄然，满树幽香，满地横斜。　江南自是离愁苦，况游骢古道，归雁平沙。怎得银笺，殷勤与说年华？如今处处生芳草，纵凭高不见天涯。更消他，几度东风，几度飞花。

周密《解语花》

晴丝胃蝶，暖蜜酣蜂，重帘卷春寂寂。雨萼烟梢，压阑干，花雨染衣红湿。金鞍误约,空极目天涯草色。阆苑玉箫人去后,惟有莺知得。　余寒犹掩翠户,梁燕乍归,芳信未端的。浅薄东风,莫因循,轻把杏钿狼藉。尘侵锦瑟,残日红窗春梦窄,睡起折枝无意绪,斜倚秋千立。

张炎《台城路·庚辰秋九月之北遇汪菊坡因赋此词》

十年前事翻疑梦,重逢可怜俱老。水国春空,山城岁晚,无语相看一笑。荷衣换了。任京洛尘沙,冷凝风帽。见说吟情,近来不到谢池草。　欢游曾步翠窈。乱红迷紫曲,芳意多少?舞扇招香,歌桡唤玉,犹忆钱塘苏小。无端暗恼,又几度留连,燕昏莺晓。回首妆楼,甚时重去好?

张炎《高阳台·西湖春感》

接叶巢莺,平波卷絮,断桥斜日归船。能几番游?看花又是明年。东风且伴蔷薇住,到蔷薇春已堪怜。更凄然,万绿西冷,一抹荒烟。　当年燕子知何处?但苔深韦曲,草暗斜川。见说新愁,如今也到鸥边。无心再续笙歌梦,掩重门浅醉闲眠。莫开帘,怕见飞花,怕听啼鹃。

蒋捷《贺新郎》

梦冷黄金屋,叹秦筝,斜鸿阵里,素弦尘扑。化作娇莺飞归去,犹认纱窗旧绿。正过雨前桃如菽,此恨难平君知否?似琼台涌起弹棋局。消瘦影,嫌明烛。　鸳楼碎泻东西玉,问芳踪,何时再展,翠钗难卜。待把宫眉横云样,描上生绡画幅。怕不是新来妆束。彩扇红牙今都在,恨无人解听开元曲。空掩袖,倚寒竹。

南宋女子以词鸣者,则有朱淑真。淑真,海宁人,自称幽栖居士。所传有《断肠词》一卷。前有记略一篇,称其"匹偶非伦,弗遂素志,赋《断肠集》十卷以自解"。则今所传,实非完帙矣。词极清俊。其《谒金门》一阕,实足与李易安之"帘卷西风,人比黄花瘦"抗衡也。

朱淑真《谒金门》

春已半,触目此情无限。十二阑干闲倚遍,愁来天不管。　　好是风和日暖,输与莺莺燕燕。满院落花帘不卷,断肠芳草远。

宋代词家,大略如此。至于总集,则有曾慥之《乐府雅词》、黄昇之《花庵词选》、周密之《绝妙好词》,又有无名氏之《草堂诗余》。《绝妙好词》去取谨严,最为世所称道。然其广罗遗佚,间详作者生平,及其词之本事,以备后人考核之资,则诸选之为用一也。《草堂诗余》所录甚杂,而元明之世盛行。故其时之词,格调颇卑。至清代,浙派及常州派继起,乃能复续两宋名家之绪云。

因词之发达,而其影响遂及于戏曲。我国现在所谓旧剧者,歌舞剧。皆合动作、言语、歌唱以演一事,其起原盖亦甚古。张衡《西京赋》赋汉平乐观角觚之戏曰:"女娲坐而长歌,声清畅而委蛇。洪厓立而指挥,被毛羽之襳褵。度曲未终,云起雪飞。"则歌舞者饰为古人形象。又曰:"东海黄公,赤刀粤祝,冀厌白虎,卒不能救。"则敷衍故事矣。然未尝合扮演与歌舞为一也。合歌舞以演一故事者,当始于北方,《旧唐书·音乐志》云:"代面出于北齐。北齐兰陵王长恭,才武而面美,常著假面以对敌。尝击周师金墉城下,勇冠三军。齐人壮之,为此舞,以效其指挥击刺之容,谓之《兰陵王入陈曲》。"《乐府杂录》、崔令钦《教坊记》略同。又《教坊记》云:"《踏摇娘》:北齐有人,名苏,鮑鼻,实不仕,而自号为郎中。嗜饮酗酒。每醉,辄殴其妻。妻衔悲,诉于邻里。时人弄之,丈夫著妇人衣,徐步入场。行歌。每一叠,旁人齐声和之,云:踏摇和来踏摇娘,苦和来。以其且步且歌,故谓之踏摇。以其冤,故言苦。及其夫至,则作殴斗之状,以为笑乐。"此则合歌舞以演故事,虽未足语于后世之剧,而实后世歌舞剧之所本矣。而其用词曲以叙事,则实自宋人始,此不可谓非戏剧之一进化也。王国维《宋元戏曲史》云:"宋人之词,皆徒歌而不舞,其歌亦以一阕为率。间有重叠一曲,以咏一事者。如欧阳公之《采桑子》,凡十一首。赵德麟之《商调蝶恋花》,凡十首。一述西湖之胜,一咏会真之事,亦皆徒歌不舞。其有歌舞相兼者,则谓之传踏。亦作转踏、缠达。北宋传踏,率以一曲重叠歌之,以一首咏一事,若干首则咏若干事。间有合若干首以咏一事者,如《乐府雅词》所载郑仅之《调笑转踏》,即其一例。"

郑仅《调笑转达(踏)》

　　良辰易失,信四者之难并。佳客相逢,实一时之盛会。用陈妙曲,上助清欢,女伴相将,调笑入队。

　　秦楼有女字罗敷,二十未满十五余。金环约腕携笼去,攀枝折叶城南隅。使君春思如飞絮,五马徘徊芳草路。东风吹鬓不可亲,日晚蚕饥欲归去。归去,携笼女。南陌春愁三月暮,使君春思如飞絮,五马徘徊频驻。蚕饥日晚空留顾,笑指秦楼归去。

　　石城女子名莫愁,家住石城西渡头。拾翠每寻芳草路,采莲时过绿蘋洲。五陵豪客青楼上,醉倒金壶待清唱。风高江阔白浪飞,急催艇子操双桨。双桨,小舟荡。唤取莫愁迎叠浪,五陵豪客青楼上,不道风高江广。千金难买倾城样,那听绕梁清唱。

　　绣户朱帘翠幕张,主人置酒宴华堂。相如年少多才调,消得文君暗断肠。断肠初认琴心挑,公弦暗写相思调。从来万曲不关心,此度伤心何草草。草草,最年少。绣户银屏人窈窕。瑶琴暗写相思调,一曲关心多少? 临邛客舍成都道,苦恨相逢不早。此三曲分咏罗敷、莫愁、文君,尚有九曲咏九事,文多略之。

　　新词宛转递相传,振袖倾鬟风露前。月落乌啼云雨散,游人陌上拾花钿。

此词前为句队词,次以一诗一曲相间,终以放队词。其后句队词变为引子;曲前之诗,改用他曲;放队词变为尾声。元剧中正宫套曲体例,实自此出。又有所谓曲破者,裁大曲入破以后用之,亦借以演故事。如史浩《鄮峰真隐漫录》之"剑舞"即是。其乐有声无辞,舞者一象鸿门会之项伯,一象公孙大娘。舞之先,别由一人以俪语表明之。大曲之名,肇于南北朝,传于宋者,为胡乐大曲。其遍数至于数十,宋人裁截用之。大曲遍数既多,用以叙事自便。故宋人咏事多用焉。但其举动皆有定则,欲以演一故事甚难。故现存宋人大曲,皆叙事体而非代言体。仍为歌舞之一种,而非戏剧也。其创于宋世者,则有所谓诸宫调。为孔三传所创。王灼《碧鸡漫志》云:"熙宁、元丰间,泽州孔三传,始创诸宫调古传。士大夫皆能诵之。"《梦粱录》云:"说唱诸宫调。昔汴京有孔三传,编成传奇、灵怪,入曲说唱。"《东京梦华录》纪崇、观以来瓦舍技艺,有孔三传、耍(耍)秀才诸宫调。《武林旧事》载诸色伎艺人,诸宫调传奇有高郎妇等四人。《宋元戏曲史》云:"金董解元之《西厢》即此体。本书卷一《太平赚》词云:'比前贤乐府不中听,在诸宫调里却著数。'其证一也。元凌云翰《柘轩词》,有《定风波》词,赋《崔莺莺传》云:'翻残金旧日诸宫调本,才入时人听。'其证二也。此书体例,求之古曲,无一相似,独元王伯成《天宝遗事》,见于《雍熙乐府》、《九宫大成》所选者,大致相同。而元钟嗣成《录鬼簿》于王伯成条下注云'有《天宝遗事诸宫调》行于世',其证三也。"谓之诸宫调者,以其合若干宫调以咏一事也。大曲传踏等,不过一曲,其同在一宫调可知。大曲传踏等,用固有之曲以叙事,此则因叙事而制曲,其便于用,自不待言;宋金杂剧,后亦用之。《宋史·乐志》言"真宗不喜郑声,而或为杂剧词,未尝宣布于外"。《梦粱录》二十云:"向者汴京教坊大使孟角球,曾做杂剧本子。董守诚撰四十大曲。"则北宋确有戏曲。惟其体裁如何,已不可知。《武林旧事》载官本杂剧,多至二百八十本。其中用大曲者百有三;法曲者四;诸宫调者二;普通词调者三十有五。则南宋杂剧,殆皆以歌曲演之。然其中亦有北宋之作,如朱彧《萍洲可谈》云:"王迥,美姿容,有才思,少年时不甚持重,间为狎邪辈所诬,播入乐府。今《六幺》所歌《奇俊王家郎》者,乃迥也。元丰初,蔡持正举之,可任监司,神宗忽云:'此乃奇俊王家郎乎。'持正叩头请罪。"赵彦卫《云麓漫钞》卷十云:"王迥,字子高。旧有周琼姬事,胡微之为作传,或用其传作《六幺》。"而此所载,有王子高《六幺》一本,又有《三爷老大明乐》、《病爷老剑器》二本。爷老,疑即辽史之拽剌,乃北宋与辽盟聘时输入之语也。○《辽史·百官志》走卒谓之"拽剌"。**至元而变为代言体;叙事全用科白,即成现在之戏曲已。**宋人乐曲,不限一曲者,诸宫调之外,又有赚词。亦见《宋元戏曲史》。○以上论戏曲,皆据《宋元戏曲史》中有关宋代者,撮叙大要。如欲详其前后因果,宜参读原书。

六、宋代之小说

骈散文与诗,皆为宋代之贵族文学。词虽可歌,其辞句亦不尽与口语相合。然当时自有以白话著书者。其大宗为儒、释二家之"语录"及"平话"。语录与文学无涉,而平话则为平民文学之大宗。

白话文之兴,由来甚久。近人《中国大文学史》曰:"语录亦俗体文字之一种,其始不仅问学言理之语。宋倪思有《重明节馆伴语录》一卷,盖绍熙二年七月,金遣完颜衮、路伯达来贺重明节,思为馆伴,记问答之语,而成是书。马永卿《懒真子》,载苏老泉与二子同读富郑公《使北语录》。则知语录之名,北宋已有。盖当时士夫,以奉使伴使,为邦交大事,故有所语,必备录之,以上朝廷。后遂沿为记录之一体。儒家因之,而有语录,《宋史·艺文志》所载《程颐语录》之类是也。释家亦因之,《宋·志》所载《僧慧忠语录》之类是也。《宋·志》又有《朱宋卿、徐神翁语录》一卷,则道家亦袭其名矣。学者不知,讥宋儒误袭释家之名,是未详考也。"又近人《中国小说史略》曰:"用白话作书者,实不始于宋。清光绪中,敦煌千佛洞藏经显露,大抵运入英、法。中国亦拾其余,藏京师图书馆。书为宋初所藏,多佛经。而内有俗文体故事数种,盖唐末五代人钞。如《唐太宗入冥记》《孝子董永传》《秋胡小说》,在伦敦博物馆;《伍员入吴故事》在中国某氏;惜未能目睹,无以知其与后来小说之关系。以意度之,则俗文之兴,当由二端:一为娱心,一为劝善。而尤以劝善为大宗。故上列诸书,多关惩劝。京师图书馆亦尚有俗文《维摩》《法华》等经,及《释迦八相成道记》《目莲入地狱故事》也。"案语体文之兴,其原有二:(一)求所记之逼真,(一)求尽人之能解。而此二者,实其所以成为平民文学之由。盖以古语道今情,终苦其不能尽达,故长于古典文学者,其想象力必极强。以其达意述事,皆与今人习用之语言异。必想象力极强,乃能知其所用古语中,苞含现代何等情景也。此种想象力,实非尽人所能具。故读古文者,往往茫然不知其何谓,而其意味何在,更不必论矣。此白话文之所由兴也。

语体文虽为平民文学之良好工具。然其始起,仅以求所记之逼真,期尽人之能解,则尚未足语于文学;以文学不仅有其外形,必兼有其实质也。故真正之平民文学,必待诸平话之兴。

平话即今人所谓白话小说。以白话为小说,则成真正平民文学矣。以小说为文学,而白话小说,则为平民文学也。小说之作,其境必属于虚构;而其所以虚构此境者,则由于美而不由于善;乃足为真正之文学。我国此等作品,实至唐代始有之。胡应麟《笔丛》曰:"变异之谈,盛于六朝。然多是传录舛讹,未必尽幻设语。至唐人,乃作意好奇,假小说以寄笔端。"然仍与述故事、志异闻者夹杂。宋代此等书,作者亦夥。其最早者,当推徐铉之《稽神录》。此书亦采入《太平广记》。次则吴淑之《江淮异人录》。淑字正仪,丹阳人,铉之婿也。南唐进士,归宋,仕至职方员外郎。此书明人所作《剑侠传》多采之。又次则张君房之《乘异记》,晁公武云:"志鬼神变怪之书。凡十一门,七十五事。"君房,安陆人。景德进士。即编《云笈七签》者。张师正之《括异记》,师正尝擢甲科。熙宁中,为宁州帅。王铚云,此书实魏泰所撰。泰尚有《志怪集》《倦游录》,亦托名师正。详见陈振孙《书录解题》,邵伯温《闻见录》。宋庠之《杨文公谈苑》,杨亿里人黄鉴所撰,本名《南阳谈薮》,庠删其重复,易此名。聂田之《祖异志》,秦再思之《洛中记异》，晁公武云：“记五代宋初谶应杂事。”毕仲询之《幕府燕间录》，晁公武云：“记当代怪奇之事。”**郭象之《睽车志》等。**象，字次象，历阳人，尝知兴国军事。此书取《易》睽卦"载鬼一车"之语为名。**皆杂载怪异，兼有寓意之作者。**其全系甄录旧闻者，当入野史类。纯以劝惩为旨者，亦不可谓之文学。旧时书目，皆以入小说，实非也。**其托诸故事者：则有乐史之《绿珠传》《杨太真外传》；**乐史，字子正，抚州宜黄人。自南唐入宋，即撰《太平寰宇记》者。**秦醇之《赵飞燕别传》《骊山记》《温泉记》《谭意歌传》；**前三篇托诸汉、唐，谭意歌则当时倡也。秦醇，字子复，一作子履，亳州谯人，此四篇为其所作，见刘斧《青琐高议》。**尚有不知何人作之《大业拾遗记》、**一名《隋遗录》。**《开河记》、《迷楼记》、**皆托隋炀事。**《海山记》、**名见《青琐高议》。**《梅妃传》，**跋谓"大中二年写，藏朱遵度家。今惟予及叶少蕴有之"。少蕴，梦得字，则此书南渡后物也。**其体皆仿唐人。而其收辑最广者，则当推太宗时官纂之《太平广记》，及洪迈所撰之《夷坚志》。**甲至癸二百卷，支甲至支癸一百卷，三甲至三癸一百卷，四甲四乙二十卷，凡四百二十卷，陈振孙谓"其晚岁急于成书，妄人多取唐人小说中旧事，改窜首尾，别为名字以投之。至有数卷者，亦不复删润，径以入录"云。**要之前代小说，实以记佚事、志怪异为大宗。而寓意之作，则起于其后，而与之相杂。宋代士夫所作，固犹不越此范围也。而白话小说，乃突起于平民社会之中。**

　　平话之始，实由口说。《东坡志林》云：“王彭尝云：涂巷中小儿薄劣，其家所厌苦，辄与钱，令聚坐听说古话。至说三国事，闻刘玄德败，频蹙眉，有出涕者。闻曹操败，即喜，唱快。”洪迈《夷坚志》谓："吕德卿偕其友出嘉令门外茶肆中坐，见幅纸用帖其尾云：今晚讲说《汉书》。”郎瑛《七修类稿》云：“小说起宋仁宗时。国家闲暇，日欲进一奇怪之事以娱之。故小说得胜头回之后，即云话说赵宋某年云云。”《古今小说(见下)序》云：“南宋供奉局，有说话人，如今说书之流。"《今古奇观(见下)序》云:"至有宋孝皇,以天下养太上。命侍从访民间故事,日进一回,谓之说话人。而通俗演义,乃始盛行。"是宋时所谓说书者,宫禁及民间,俱有之也。或曰:"唐段成式《酉阳杂俎》曰:'予太和末,因弟生日,观杂戏。有市人小说,呼扁鹊作褊鹊字,上声。'续集四贬误。李商隐《骄儿诗》云:或谑张飞胡,或笑邓艾吃。亦即宋时所谓说书者。"则唐时已有之矣。要不若宋之盛耳。

此等讲说,有演前代之事者,亦有演当世之事者。孟元老《东京梦华录》卷五,谓当时京瓦技艺,有霍四究说三分,尹常卖五代史,此与《志林》《夷坚志》所述,皆演前代之事者也。吴自牧《梦粱录》卷二十,谓有王六大夫,于咸淳间,敷衍《复华篇》及《中兴名将传》,听者纷纷。此与《七修类稿》所述,皆演当代之事者也。《梦华录》举其目:曰小说,曰合生,曰说诨话,曰说三分,曰说五代史。《梦粱录》则分为四家:曰小说,一名银字儿,如烟粉、灵怪、传奇、公案、朴刀、杆棒、发迹、变态之事。曰谈经,谓演说佛书。说参讲者,谓宾主参禅悟道等事。又有说诨经者。曰讲史书,谓讲说历代书史文传,兴废战争之事。曰合生,"与起今随今相似,各占一事也"。灌园耐得翁《都城纪胜》亦分说话为四家:曰小说,曰说经说参,曰说史,曰合生。又分小说为三科:一银字儿,如烟粉,灵怪,传奇。一说公案,如搏拳,提刀,赶棒,及发迹,变态之事。一说铁骑儿,谓士马,金鼓之事。周密《武林旧事》六则,分四家:一演史,二说经诨经,三小说,四说诨话,而无合生。合生者,高承《事物纪原》九云:"《唐书·武平一传》:平一上书:比来妖伎胡人,于御坐之前,或言妃主情貌,或刊王公名质,咏歌舞蹈,名曰合生。始自王公,稍及闾巷,今人亦谓之唱题目云云。"则实兼有歌舞。《宋元戏曲史》谓金院本中,有所谓题目院本者,即唱题目之略也。然则比而观之,宋时说话,其流有五:(一)说史事者,如三分五代之类是;说本朝中兴名将者,亦当属此。（二）说无稽之事者，是曰小说。又分三类：（甲）烟粉，灵怪，传奇。（乙）搏拳，刀枪，杆棒，发迹，变态。（丙）士马，金鼓。（三）谈经说参，亦或杂以诨语，则所谓说诨经。盖自唐以来，佛教盛行，故其劝惩警戒之言，亦为人所乐听也。（四）说诨话，古杂剧之类。（五）则合生也。宋时说话，颇多杂以谈唱者。《尧山堂外纪》云："杭州瞽女，唱古今小说评话，谓之陶真。"《七修类稿》云："闾阎淘真之本起，亦曰：'太祖、太宗、真宗帝，四祖神宗有道君。'国初瞿存斋过汴之诗，有'陌头盲女无愁恨，能拨琵琶说赵家'，皆指宋也。"案陆务观诗曰："斜阳衰柳赵家庄，负鼓盲翁正作场。身后是非谁管得，满村听说蔡中郎。"则虽乡僻之地，亦有之矣。近人《元剧略述》云："金章宗时，有董解元者，作《西厢搊弹词》，至今仍在。此词唱时，手弹三弦，故曰搊弹，又曰《弦索西厢》，亦曰《诸调宫词》。"此盖今弹词之祖，疑与古合生有关。又有杂以搬演者：一为傀儡，一为影戏。宋时傀儡，种类最繁。有悬丝傀儡、走线傀儡、杖头傀儡、药发傀儡、肉傀儡、水傀儡等。见《东京梦华录》《武林旧事》《梦粱录》。《梦华录》载京瓦伎艺，有影戏，有乔影戏。《事物纪原》云："宋朝仁宗时，市人有能谈三国事者。或采其说，加缘饰，作影人。始为魏、吴、蜀三分战争之象。"《梦粱录》云："凡傀儡，敷衍烟粉、灵怪、铁骑、公案、史书、历代君臣将相故事话本，或讲史，或作杂剧，或如崖词。大抵多虚少实。"又云："有弄影戏者。元汴京初以素纸雕簇。自后人巧工精，以羊皮雕形，以彩色装饰，不致损坏。案此种影戏，今日仍有之。其话本与讲史书者颇同，大抵真假相半。公忠者雕以正貌，奸邪者刻以丑形，盖亦寓褒贬于其间耳。"此则又与戏剧相出入矣。

　　说话在当时，虽有上述之分类，然至后世，则统名其书为小说，盖其所说，皆以娱情为主，以文学论，性质实属同科，故可统以一名也。《武林旧事》谓当时说小说者,有所谓雄辩社,则其人亦自有团结。《梦粱录》谓其人有话本,盖其师师相传之旧。此等原用为说话之底本,非以供娱情者之目治,然岁月久而分化繁,遂亦成为可以阅读之书矣。此近世白话小说之缘起也。

《永乐大典》所收平话,今皆不传。钱曾《也是园藏书目》卷十著录宋人词话十六种,曰《灯花婆婆》,曰《种瓜张老》,曰《紫罗盖头》,曰《女报冤》,曰《风吹轿儿》,曰《错斩崔宁》,曰《小亭儿》,曰《西湖三塔》,曰《冯玉梅团圆》,曰《简帖和尚》,曰《李焕王(生)五陈雨》,曰《小金钱》,曰《宣和遗事》,四卷。曰《烟粉小说》,四卷。曰《奇闻类记》,十卷。曰《湖海奇闻》,二卷。其中惟《宣和遗事》一种,黄丕烈刻入《士礼居丛书》中。最近缪荃孙避难沪上,闻亲串妆奁中有旧钞本书,类乎平话,假而得之。首行题《京本通俗小说》第几卷,凡三册,皆有钱曾图章,盖亦也是园所藏,乃刻入《烟画东堂小品》中。其书原若干卷不可知,今存者,自十卷至十六卷,卷为一事:曰《碾玉观音》,曰《菩萨蛮》,曰《西山一窟鬼》,曰《志诚张主管》,曰《拗相公》,曰《错斩崔宁》,曰《冯玉梅团圆》。皆叙近事,或采之他说部,为后来古今小说等所本。尚有《金主亮荒淫》两种,以过秽亵未刻,后叶德辉刻之。

《宣和遗事》,众皆知为《水浒传》所本。近人《中国小说史略》云:"书分前后二集,始于称述尧舜,而终以高宗定都临安,案年叙述,体裁甚似讲史。惟节录成书,末加融会,故先后文体,致为参差。灼然可见其剿取之书,当有十种。前集先言历代帝王荒淫之失者其一,盖犹宋人讲史之开篇。次叙王安石变法之祸者其二,亦北宋末士论之常套。次述安石引蔡京入朝,至童贯、蔡攸巡边者其三。首一为语体,次二为文言,而并杂以诗者。其四,则梁山泺聚义本末。其五为徽宗幸李师师家,曹辅进谏,及张天觉隐去。其六为道士林灵素进用，及其死葬之异。其七为腊月预赏元宵，及元宵看灯之盛。皆平话体。后集始自金人来运粮，至京城陷，为第八种。又自金兵入城，帝后北行受辱，以至高宗定都临安，为第九、第十种。即取《南烬纪闻录》及《续录》，而小有删节。"案平话之始，大抵缀辑旧闻，裨讲演者有所依据。其事实率多取自野史。至如何捏造增饰，以动听者兴味之处，则出于讲演者所自为。就今日最通行之《三国演义》观之，犹可见此等遗迹。《三国演义》叙事，有极简质，竟如史书者。惟关羽复归刘备，及赤壁战事之前后等，捏造增饰之处最多。盖讲说最多，逐渐增造者也。至此则渐成文学矣。故但就其底本观之，颇有足资依据者。《三国演义》即如此。间有一二无据者，颇疑彼实有据，今日书阙有间，吾侪转无从知之矣。即如《宣和遗事》，谓宋江收方腊有功，封节度使。旧本《水浒传》皆同。至金人瑞始删其七十一回以后。俞万春作《荡寇志》，乃谓宋江等或死或诛。读者遂多以旧说为不经。然据近人所撰《宣和遗事考证》，则宋江平方腊，确有其事。《十朝纲要》："宣和三年六月辛丑，辛兴宗与宋江破贼上苑洞。"《北盟会编》载《童贯别传》谓："贯将刘延庆、宋江等讨方腊。"杨仲良《长编纪事本末》："宣和三年四月戊子，童贯与王禀等分兵四围包帮源洞。而王涣统领马公直并裨将赵明、赵许、宋江次洞后。"而李师师下场，此书所述，亦较他书为可信。《李师师外传》云："金人破汴京，主将欲得李师师。张邦昌踪迹之以献，师师折金簪吞之死。"此盖好事者所臆造。《宣和遗事》谓："师师嫁作商人妇，不知所终。"又引刘屏山"辇毂繁华事可伤，师师垂老过湖湘。缕衫檀板无颜色，一曲当年动帝王"一绝，谓为师师所自作。案以此诗为师师自作虽误，然屏山之言，必有所据。则师师盖嫁作商人妇，而流落于湖湘之间，其后事遂不可知也。则不惟可作文学书读，抑且有裨考证矣。《小说史略》谓："文中有吕省元《宣和讲篇》及南儒《咏史诗》，省元南儒，皆元代语，则此书或出于元人；或宋时旧本，而元时又有增益，皆不可知。"案此书今本究成于何时难断，然其内容，十九必出于宋人，则无疑矣。

宋代话本，传于今者，又有《五代史平话》，梁、唐、晋、汉、周各二卷。缺梁、汉下卷。皆以诗起，以诗结。今本小说之首尾用诗词者，盖沿其体也。又有《大唐三藏法师取经记》，凡三卷。罗振玉从日本三浦将军借印宋刊本。日本又有一本，题《大唐三藏取经诗话》，名异而书实同。此书凡分十七章，今所见小说之分章回者，当以此为最古矣。章各有诗，故又题诗话也。卷末有一行，曰中瓦子张家印。张家者，宋时临安书铺也，《中国小说史略》云："元时张家或亦无恙，则此书为元人撰未可知。"然撰集即出元人，内容亦必宋代之遗矣。

宋代平话原本，或元刻本，存于今者，具如前述。其为明人所辑刻者，则有《古今小说》及《三言》。此四书今皆存于日本。今据日本盐谷温所撰《明代通俗短篇小说》一文，略述其梗概如下。原文见日本《改造杂志现代支那号》。〇日本内阁文库，又有元刊本平话。自《武王伐纣书》至《三国志》，凡五十种，惜未知其内容。

《古今小说》为明代书贾天许斋所刻。其题言曰"小说如《三国》《水浒传》，称巨观矣。其有一人一事，可资谈笑者，犹杂剧之于传奇，不可偏废也。本斋购得古今名人演义一百二十种，先以三分之一为初刻"云云。又有绿天馆主人《序》，谓："南宋供奉局有说话人，如今说书之流。茂苑野史氏家藏古今通俗小说甚富。因贾人之请，抽其可嘉惠里耳者，凡四十种，裒为一刻。"则此书实茂苑野史所藏也。其后版归艺林衍庆堂。于是有三言之刻。三言者，首曰《喻世明言》。今本仅二十四篇，其二十一与《古今小说》同，而三篇出于《古今小说》之外。然此三篇，又二与《恒言》重，一与《通言》重。亦题《增补古今小说》。次曰《警世通言》，刻于天启甲子。次曰《醒世恒言》，刻于天启丁卯。各四十篇。《通言》有豫章无碍居士《序》，谓"出平平阁主人手授"。然《明言》识语曰"绿天馆初刻《古今小说》十种，见者侈为奇观，闻者争为击节。而流传未广，阁置可惜。今板归本坊，重加校订,刊误补遗,题曰《喻世明言》"云云。《恒言》亦有识语,曰:"本坊重价购求《古今通俗演义》一百二十种。初刻为《喻世明言》,二刻为《警世通言》。兹刻为《醒世恒言》,并前刻共成完璧。"明此三者,皆天许斋所辑之旧。平平阁主人盖校订之人,而非藏书之人也。此书由来,当出茂苑野史,而其纂辑则出冯犹龙。三言递嬗而为《拍案惊奇》及《今古奇观》。《拍案惊奇》有即空观主序,谓:"宋元时有小说家一种,语多俚近,意存劝讽。龙子犹所辑《喻世》诸言,颇存雅道,时著良规。"《今古奇观》有松禅老人序,谓墨憨增补《平妖》,穷工极变,不失本末。至所纂《喻世》《醒世》《警世》诸言,举世态人情之歧,备悲欢离合之致云云。《平妖》者,具曰《三遂平妖传》,记诸葛遂、马遂、李遂平王则事。盖亦宋代讲本,冯氏为之增补者。前有张无咎序云:"吾友龙子犹所补。"而首叶题名,则曰:"冯犹龙先生鉴定。"龙子犹者,冯犹龙之假姓名;墨憨斋则其别号也。犹龙,名梦龙,长州人。崇祯中,由贡生选授寿宁知县。著有《春秋衡要(衡库)》《别本春秋大全》《智囊》《智囊补》《古今谈概》《墨憨斋定本传奇》三种——曰《量江记》,曰《新灌园》,曰《酒家佣》。《中国小说史略》云:"有《七乐斋诗稿》。朱彝尊《明诗综》谓其善为启颜之辞,间入打油之调,不得为诗家。然擅词曲,有《双雄记传奇》,又刻《墨憨斋传奇》定本十种。其中《万事足》《风流梦》《新灌园》皆己作。又尝劝沈德符以《金瓶梅》付书坊版行而不果。见《野获编》卷二十五。"《三言》纂辑,盖皆出其手。此《三言》中,存宋、元人作盖不少。故《古今小说》绿天馆主人序、《拍案惊奇》即空观主序,皆引宋、元故事以为言。据盐谷温所核,则《通言》《恒言》与《京本通俗小说》同者甚多。《通言》第四卷《拗相公饮恨半山堂》,同《京本通俗小说·拗相公》。第七卷《陈可常端阳迁化》,同《菩萨蛮》。第八卷《崔待诏生死冤家》,同《碾玉观音》。十二卷《范鳅童(儿)双僮(镜)团圆》,同《冯玉梅团圆》。十四卷《一窟鬼癞道人除怪》,同《西山一窟鬼》。十六卷《张主管志诚脱奇祸》，同《志诚张总管》。《恒言》第二十三《金海陵纵欲亡身》，同《金主亮荒淫》。而三十三卷《十五贯戏言成巧祸》，同《错斩崔宁》。即其一证。冯氏殆保存宋代短篇小说之功臣矣。《拍案惊奇》为即空观主所辑。即空观者，凌蒙初之别号。蒙初，乌程人，字稚成。著有《圣门传诗嫡冢言》《诗翼》《诗逆》《国门集》等书。此书初刻三十六卷。二刻三十九卷，附录《宋公明闹元宵杂剧》一卷。盐谷温谓《三言》及《拍案惊奇》两刻，实为短篇小说五大宝库，足与长篇之四大奇书《三国演义》《水浒传》《西游记》《金瓶梅》对峙云。案宋代短篇小说，存于今略无改动者，今日所知尚少。就即经后人改易，亦仍可想象其原形。更能分别其改易之甚与不甚，互相对勘，尤足见白话小说之朔，与后来之白话小说，同异如何，实可考小说进化之迹也。《三言》及《拍案惊奇》递嬗而为《今古奇观》，为现在极通行之书。盐谷氏尝就《今古奇观》与《三言》等重复者，列举其名。读者未易得《三言》等书，取《今古奇观》中此诸篇观之，亦可想见宋代短篇小说之大概也。

　　《今古奇观·三孝廉让产立高名》《恒言》二

　　《两县令竞义婚孤女》《恒言》一

　　《滕大尹鬼断家私》《古今小说》十、《明言》三

　　《裴晋公义还原配》《古今小说》九、《明言》十三

　　《杜十娘怒沉百宝箱》《通言》三十二

　　《李谪仙醉草吓蛮书》《通言》六

　　《卖油郎独占花魁》《恒言》三

　　《灌园叟晚逢仙女》《恒言》四

　　《转运汉巧遇洞庭红》《拍案惊奇》一

　　《看财奴刁卖冤家主》《拍案惊奇》三十五

　　《吴保安弃家赎友》《古今小说》八、《明言》二十一

　　《羊角哀舍命全交》《古今小说》七

《沈小霞相会出师表》《古今小说》四十

《宋金郎团圆破毡笠》《通言》二十二

《卢太学诗酒傲公侯》《恒言》二十九

《李汧公穷邸遇侠客》《恒言》三十

《苏小妹三难新郎》《恒言》十一

《刘元普双生贵子》《拍案惊奇》二十

《俞伯牙摔琴谢知音》《通言》一

《庄子休鼓盆成大道》《通言》二

《老门生三世报恩》《通言》十八

《钝秀才一朝交泰》《通言》十七

《蒋兴哥重会珍珠衫》《古今小说》一、《明言》四

《陈御史巧勘金钗钿》《古今小说》二、《明言》二

《徐老仆义愤成家》《恒言》二十五

《蔡小姐忍辱报仇》《恒言》三十六

《钱秀才错占凤凰俦》《恒言》七

　　笔记体文言小说，在古代实用以志琐事，广异闻，至唐乃有寓意之作，而仍与前二者相杂，宋代因之，说已见前。然宋小说亦有与唐异者。大抵唐小说崇尚词采，而不甚借此以说理；其记事，亦不如宋小说之质。此由唐为骈文盛行之时，宋为散文盛行之时也。摹拟唐人之作，文体亦与唐同。如《绿珠传》等是。然此等在宋代甚鲜。清代蒲松龄之《聊斋志异》为唐小说体；纪昀之《阅微草堂笔记》，则宋小说体也。白话小说体与通行之《水浒传》等同，但描写不如后来之工耳。

　　白话小说进化之途有二：（一）则真实之言愈少，而捏造妆点之言愈增。如《五代史平话》开端之时，先述历代兴亡大略，语皆真实。而独于三国时云："刘季杀了项羽，立著国号曰汉。只因疑忌功臣，如韩王信，当作韩信。彭越，陈豨之徒，皆不免族灭诛夷。这三个功

臣,抱屈衔冤,诉于天帝。天帝可怜见三个功臣无辜被戮,令他每三个,托生做三个豪杰出来。韩信去曹家托生,做着个曹操。彭越去孙家托生,做着个孙权,陈豨去那宗室家托生,做着个刘备。这三个分了他的天下。"则言甚荒唐矣。盖由按照真事实讲演,不足动听者之兴故也。此等趋势,降而弥甚,而小说遂为满纸荒唐言矣。然此正小说之所以成为文学也。(二)则口语之成分日减,目治之成分日增。小说原于口说,后乃变为目治之物,前文亦已明之。口舌笔札,势不能尽相符合。于是专供目治之小说,与备说书人之用之底本,机势亦日趋变异。如《碾玉观音》一篇,欲叙咸安郡王游春,先举昔人诗词十余首,次乃云:"说话的因甚说这春归词? 绍兴年间,行在有个关西延州延安府人,本身是三镇节度使咸安郡王。当时怕春归去,将带着许多钧眷游春。"其初之连举诗词,在口说时,盖兼有吟诵之意味。至于目治,则令人闷损矣。故此等处,后来之小说遂渐少。又过于繁杂或细密之事,口不能叙。因听者不易明,且易忘也。《三国演义》于东诸侯讨卓时,列举诸镇之名。于孔明造木牛流马,则详述其制法。盖以供说书者之参证而已,非径以此向听者陈说也。故古代小说中,此等繁杂细密处甚少。然至后世则渐多,如《荡寇志》之奔雷车等是也。此可云小说与民众相离日远;亦因小说进化,所包含者愈广,述事愈细,而文体益缜密也。小说进化之端甚多,此两端,为其荦荦大者。读宋代小说,可以此观之。